CORAZÓN DE PIEDRA

Khargals de Duras

REGINE ABEL

DISEÑO DE PORTADA POR
Regine Abel

ILUSTRADO POR
Sam Griffin

TODOS LOS DERECHOS RESERVADOS
Copyright © 2025

ÍNDICE

KHARGALS DE DURAS

Hace mil años, un grupo de exploradores Khargals abandonó Duras solo para estrellarse en un planeta llamado Tierra.

Heridos y en inferioridad numérica, los Khargals varados se escondieron entre efigies de piedra y observaron la lenta evolución de los primitivos habitantes del planeta. Sin medios para regresar a Duras, observaron desde sus sombrías perchas y se desvanecieron en la leyenda, convirtiéndose en las míticas gárgolas.

Hasta hoy. Mucho después de que muriera cualquier esperanza de rescate, por fin se ha respondido a la señal de socorro.

Llegó la hora de volver a casa.

CORAZÓN DE PIEDRA

Su salvador alado no era un ángel.

Cuando la muerte casi se lleva a Brianna a la tierna edad de ocho años, un ser que no debería existir la salva. Veinte años después, se convierte en ingeniera arquitectónica especializada en edificios históricos, y sigue buscando pruebas de quien sea el que la haya salvado—el que persigue sus sueños cada vez más salvajes—existe de verdad. Cuando un hombre misterioso la contrata para un gran proyecto en las catacumbas de una antigua iglesia convertida en exclusivo club nocturno gótico, Brianna cree que por fin tiene su oportunidad.

Alkor se ha cansado de esta época. Obligado a ocultarse a plena vista, con la prohibición de reclamar a la única mujer que ha despertado sus instintos de apareamiento, se plantea volver a la hibernación en lugar de suspirar por ella desde la distancia. Pero la repentina activación del sigilo lo cambia todo. Por fin llega el rescate. Con su único medio de llegar al punto de encuentro atrapado en las catacumbas, Alkor contrata a Brianna para que le ayude a recuperar su tesoro. Sin embargo, su sigilo perdido no es lo único que pretende llevarse a casa.

El tiempo se acaba, y las fuerzas del mal que conspiran para capturarle no se detendrán ante nada para conseguir su objetivo, incluso utilizando a Brianna. ¿Salvó Alkor a su verdadera compañera solo para perderla ahora que podrían tener la oportunidad de un futuro juntos?

DEDICATORIA

A los otros seis increíbles autores que compartieron conmigo esta aventura colaborativa. Gracias por todas las risas, el intercambio y semejanza de ideas y por mantenerme despierta mucho después de mi hora de dormir con todas sus divertidas e irreverentes bromas. Un agradecimiento especial a Stephanie West por su optimismo infinito, sus increíbles dotes de animadora y por mantenernos a todos tan organizados. Corazón de Piedra lo consiguió en gran parte gracias a ti. Fuiste mi roca.

A mis maravillosas lectoras beta, ustedes siempre van más allá. Gracias por su continuo apoyo y amistad. ¡Considérense abrazadas y envueltas en mis alas virtuales!

CAPÍTULO 1

ALKOR

Los humanos saltaban, se contoneaban y se retorcían en la pista de baile al son del bajo. La mayoría vestía de negro, rojo oscuro y morado, cada uno abrazando la ilusión temporal de pertenecer al Inframundo. Góticos, Punk-rock, brujas disfrazadas, brujos, demonios y algún que otro ángel caído, los clientes rivalizaban en el realismo de sus respectivos disfraces. Sin embargo, ninguno podía igualar o superar al mío.

Apoyada en la barandilla del balcón de mi cabina privada, flexioné las alas y su textura correosa me rozó la espalda. Muchos de los clientes me miraban desde abajo o desde las salas VIP situadas a cada lado de mi palco privado, que ocupaba toda la pared del fondo. Las tenues luces del interior de The Darkest Hour, el club temático más exclusivo del centro de Montreal—aunque normalmente nos referíamos a él como club Gótico—me permitían ocultar que mis cuernos y alas no eran prótesis ni parte de un disfraz, sino partes integrantes de mi cuerpo.

Se habían extendido muchos rumores y especulaciones descabelladas sobre Alkor Drayvus, el misterioso propietario de The Darkest Hour. No negaba ni confirmaba ninguno de ellos. Los que se habían acercado lo suficiente como para hablar conmigo, o incluso tocarme, suponían que era una de esas personas "excéntricas" que se habían vuelto locas transformando su apariencia como Lizardman, Alien Man o Zombie Boy. Esa creencia servía a mi propósito, pues me permitía mostrar mi verdadero yo, aunque no pasaría ningún examen de cerca. Mis cuernos, huesos faciales o cola podrían explicarse mediante implantes. Pero nunca me libraría de un examen intenso de mis alas.

Envidiaba el desenfado con que los clientes bailaban, bebían y se mezclaban, algunos buscando rincones oscuros para explorar otros tipos de placeres. Aunque era bastante tolerante con los clientes que se metían mano y se acariciaban, no permitía que las cosas se pusieran demasiado calientes, como algunos habían intentado en el pasado, sobre todo los aspirantes a vampiros. Al fin y al cabo, había construido este club en una antigua iglesia gótica en pleno centro de Montreal. Un comportamiento tan lascivo sería impropio de un lugar antaño sagrado.

Tras cuarenta y cuatro años de hibernación, seguidos de cinco años de vagabundeo sin rumbo, The Darkest Hour había sido una oportunidad para permitirme interactuar de nuevo con los humanos, sin dejar de esconderme a plena vista. Pero nueve años dirigiendo el exitoso club estaban perdiendo su atractivo. Aunque estaba rodeado de cientos de personas, nunca me había sentido tan solo. Un rostro inquietante de brillantes ojos azules y sedoso pelo castaño dorado pasó ante los ojos de mi mente. Lo ahuyenté junto con el dolor que siempre despertaba en mi corazón. Sí, la hibernación sería buena, aunque solo fuera para evitarme la tortura de anhelar lo prohibido. Si convertía mi corazón y mi cuerpo en piedra en el sueño profundo de la *duramna*, podría volver a despertar al final de su vida humana. ¿Por qué someterme a un dolor y una tentación inútiles?

Cuando reapareció en mi vida hace nueve años como una mujer adulta, despertó por primera vez mis instintos de apareamiento. Desde entonces, no he dejado de pensar en ella.

La puerta de mi balcón privado al abrirse me sobresaltó. Mirando por encima del hombro, vi entrar a Lana pavoneándose, con un vestido pintado que me recordó al vestido negro de Morticia Addams.

Menudo guerrero de élite que soy.

Me avergonzaría que mi batallón supiera que una hembra humana con aspecto de muñeca se me había adelantado tan fácilmente. Pero hacía un par de siglos que no utilizaba mis habilidades guerreras.

—¿Cómo está mi hombre melancólico favorito? —preguntó Lana, acariciando la punta de una de las espuelas de mis alas, un molesto hábito que había adquirido en los dos últimos años.

—Más melancólico que nunca —dije, apoyando el codo en la barandilla del balcón—. Y no soy un hombre.

—Bien, gárgola macho —dijo encogiéndose de hombros.

—No es gárgola, es Khargal —insistí, preguntándome por qué yo estaba siendo tan complicado.

—Bueno, alguien se despertó en el lado equivocado de su pedestal —dijo Lana, con un brillo burlón en los ojos.

—Ya lo creo. Yo... estoy perdiendo interés por esta época —admití, dirigiéndole una mirada de disculpa.

Lana era la primogénita del heredero de los Dalghren. Durante generaciones, la hija mayor de ese linaje se convirtió en mi contacto humano, permitiéndome funcionar en un mundo al que no pertenecía; una carga que aceptaron voluntariamente. Lana era una hermana para mí, aunque a menudo se comportaba más como mi madre. Había hecho todo lo posible para que esta época fuera aceptable para mí. Durante nueve, casi diez años ahora, casi lo había conseguido. Si no fuera por mi inalcanzable compañera, podría haber disfrutado de esta época y de sus florecientes avances tecnológicos.

—No podrás hasta dentro de cuatro meses por lo menos —dijo, intentando ocultar la tristeza de sus ojos—. Prometiste llevar a mi hijo en un vuelo sobre el río San Lorenzo por su noveno cumpleaños.

Asentí con la cabeza, sonriendo con cariño al pensar en el pequeño diablillo, la viva imagen de su madre con su indisciplinado revoltijo de pelo rojo y el enjambre de pecas estampado por toda la cara, incluso en los labios. Lana me había nombrado su padrino.

Hasta el día de hoy, el recuerdo de que el sacerdote que presidía el bautizo del pequeño Tommen me mirara con desconfianza me seguía perturbando. Aunque me había cortado los cuernos y escondido los muñones bajo el pelo, mis huesos faciales, que parecían pequeños cuernos de marfil a lo largo de la mandíbula, habían delatado en cierto modo mi naturaleza "de otro mundo". Me había retraído las alas y me había metido la cola en los pantalones. En aquel momento, mi filtro de percepción, la tecnología de camuflaje que me permitía adoptar cualquier apariencia que deseara, estaba defectuoso. Como no había conseguido repararlo a tiempo, había optado por no utilizarlo. Cuando un repentino picor hizo que mi cola se moviera a lo largo de mis piernas, pareciendo una serpiente que se retuerce, al sacerdote casi se le salieron los ojos de las órbitas. Esperaba que empezara a arrojarme agua bendita mientras recitaba conjuros de exorcismo.

—Por supuesto que lo haré —dije, tirando de un mechón de su pelo largo y rojizo—. Una promesa es una promesa.

—¡Ay! —dijo ella, golpeándome la mano con falsa indignación, arrugando su bonita cara—. Si quieres tirar del pelo a una mujer, ¿qué tal si le das a esa Sandy lo que quiere y me la quitas de encima?

Puse los ojos en blanco, incrédulo.

—¿En serio? ¿Otra vez? —pregunté.

—Está muy desesperada por volver a la cama contigo. Debes tener habilidades, alitas —dijo, poniendo cara de asco.

Eso me hizo reír. Comprendía que oír hablar de mi rendimiento sexual la estremeciera. ¿Qué hermana querría oír a otras mujeres halagar las proezas de su hermano en la cama? Había reducido al mínimo esos encuentros, y Sandy era mi segunda aventura de una noche en los nueve años transcurridos desde mi despertar. No quería ningún tipo de compromiso por mi parte, ni siquiera mantener ningún tipo de conversación conmigo. Yo no era más que un trofeo exótico que le gustaba tener en la pata de su cama, y una polla inusual con la que le había gustado que la machacaran, apoyada contra la pared trasera de mi cabina privada.

Pero no tenía ningún interés en ser el juguete sexual de Sandy ni de ninguna otra mujer. Su ego acabaría recuperándose, ya que su corazón desde luego no tenía nada que ver. En realidad, los de mi especie rara vez se entregaban a ese tipo de intimidad por diversión, ya que nuestra libido permanecía más bien adormecida hasta que encontrábamos a la persona con la que queríamos aparearnos. Momentos de intensa soledad y de anhelo desesperado por algo que nunca podría tener me habían llevado a buscar consuelo en lugares equivocados. En ambas ocasiones había satisfecho mi necesidad de cercanía física, pero no el enorme vacío que tenía en el corazón y en el alma.

—Dile a Sandy que se busque otro semental. Como acordamos, era un trato único. Estaré encantado de decírselo yo mismo —añadí, cuando Lana puso los ojos en blanco.

—¡Claro que no, alitas! Tus dotes diplomáticas son espantosas —exclamó Lana—. Yo me encargo. De todos modos, tenemos un nuevo patrón al que probablemente perseguirá Sandy. Tiene a todo el mundo asombrado.

—¿El chico unicornio? —pregunté.

Se echó a reír.

—En realidad, es un aspirante a dragón. Es su primer implante de cuerno. Su cirujano no quiso injertarle otro antes de ver cómo reaccionaba al primero.

Negué con la cabeza, sin comprender esas extrañas compulsiones humanas por cambiar de naturaleza. Pero no me quejaría; me proporcionaban la cobertura que necesitaba para tener una apariencia de vida normal.

—Pero conseguir que te revuelques con Sandy no es la razón por la que he venido a molestarte —dijo Lana, poniéndose seria de nuevo—. Estoy recibiendo muchas peticiones para abrir otro club gótico, pero esta vez en Helsinki.

—Allí no hay Khargals —repliqué, frunciendo ligeramente el ceño.

—Lo sé, pero no olvides que el 99,9% de tu clientela no es Khargal —dijo Lana encogiéndose de hombros—. El concepto atrae mucho a la gente, sobre todo ahora que has relajado las normas... en otros lugares.

Gruñí, lo que hizo que Lana me sonriera burlonamente. Yo era un poco exigente con las normas y los protocolos. Me molestaba que todos los clubes góticos de la cadena que había establecido no estuvieran construidos en una iglesia abandonada, y que los clientes no tuvieran que cumplir el estricto código de vestimenta que se exigía aquí, en The Darkest Hour. Pero algunos de los otros locales, como el Evensong de Nueva York, tenían una clientela más relajada. Allí, un único Khargal se mezclaba a menudo con los humanos: mi viejo amigo Frelinray.

—Como los Fins solo tienen cinco horas de luz durante una parte del invierno, es el lugar perfecto para la gente con fetiches vampíricos —dijo Lana con naturalidad.

—¿Y qué pasa cuando llegue el verano y entonces solo hay cinco horas de noche al día? —pregunté.

—Entonces los clientes vampiros podrán cubrirse de polvo de hadas para brillar bajo el sol —contestó Lana inexpresiva.

Me reí a carcajadas y volví a negar con la cabeza.

—Bueno, tú eres la que gestiona todo esto. Así que si quieres abrir uno allí, adelante. Solo dime dónde tengo que firmar.

—Quería avisarte, porque acabo de hablar por teléfono con el posible socio de allí —dijo Lana, con cautela—. Merece la pena preparar la propuesta de negocio para ver si es una opción viable.

Asentí, con la mente en blanco, pensando en las interesantes oportunidades que me brindaría un viaje a Finlandia. Con las largas horas de oscuridad, podría volar con más frecuencia con menos riesgos de que me descubrieran, al menos durante una parte del año. Instalarme en el centro de Montreal no había sido la idea más inteligente en ese sentido. Al menos, un corto trayecto en coche hasta la costa sur me llevaba a amplios campos abiertos donde podía volar con relativa seguridad.

Me invadió una repentina oleada de vértigo, y un extraño hormigueo en la base del cuello se extendió por mi cuero cabelludo. Todas mis sinapsis parecieron dispararse al mismo tiempo mientras una sensación olvidada hacía tiempo zumbaba por mi cerebro.

—¡Ni hablar! —susurré, apoyándome en la barandilla para sostenerme.

—Al, ¿estás bien? —preguntó Lana, con una expresión de preocupación en el rostro.

—Se ha activado —exhalé—. Mi sigilo de *grack* acaba de activarse.

—¿Tu sigilo? —preguntó Lana, vacilante—. ¿Como tu dispositivo de búsqueda perdido?

—No está perdido —dije distraídamente, con la mente en blanco—. Está enterrado entre los escombros de las catacumbas que tenemos debajo. Tenemos que recuperarlo. Rápido.

Me retorcí el pelo, mirando a la multitud que bailaba abajo, sin ver. Mil años... Mil *grack* años llevábamos mis hermanos y yo varados en este planeta después de que nuestra nave se estrellara. ¿Por qué había llegado por fin la misión de rescate? ¿Cómo era posible si nuestra baliza había sido destruida? ¿Alguno de los Khargals supervivientes había construido una nueva? ¿Nuestra original, perdida en órbita alrededor del planeta, había caído finalmente sobre la Tierra?

Pero esas preguntas tenían poca importancia. Lo único que importaba era que nuestra gente había recibido por fin nuestra señal de socorro y vendría a rescatarnos. Excepto que necesitaba mi sigilo no solo para obtener la ubicación, la hora y la fecha de nuestra recogida, sino también porque servía como dispositivo de teletransporte al que se fijarían para transportarme a la nave.

—Basándome en rescates anteriores, la nave nos dará un plazo de 24 horas para la recogida, que tendrá lugar dentro de dos o cuatro semanas, teniendo en cuenta el tiempo de viaje necesario desde Duras —dije, con el corazón latiendo más fuerte que el bajo que retumbaba bajo mis pies—. Necesito recuperar mi sigilo en el plazo de una semana para tener tiempo suficiente de llegar al punto de encuentro.

—Bueno, esta noche es demasiado tarde —dijo Lana, pensativa—. Haré que vengan algunas personas a primera hora de la mañana para inspeccionar las catacumbas. Pero Al, una semana....

—Hazlo, Lana —dije en un tono que no admitía discusión—. Sé exactamente dónde escondí el sigilo antes del derrumbe. Solo tienen que despejar el camino.

—Me parece justo, pero necesitaremos un permiso de construcción y....

La expresión de mi cara debió de decirlo todo. Lana suspiró pesadamente, sin molestarse en enumerar los innumerables—y muy válidos—argumentos de por qué esta línea temporal resultaría un desafío.

Nunca pensé que nos rescatarían, o habría hecho limpiar las catacumbas hace años. Una chapuza en la instalación de tuberías subterráneas y alcantarillado a lo largo de la carretera fuera de la iglesia había provocado el derrumbamiento de secciones de las catacumbas del ya viejo edificio. Había escondido mi sigilo en su interior a mediados del siglo XIX y vigilaba el edificio como una de las gárgolas que adornaban su tejado. Con la disminución del interés de la población por la religión y el aumento de los costes de funcionamiento del edificio, la iglesia se puso a la venta a finales del siglo XX. Mediante grandes tejemanejes, el padre de Lana había conseguido que la iglesia no fuera clasificada como edificio histórico, aunque con grandes promesas de que no se derribaría ni se modificaría hasta el punto de hacerla irreconocible.

No había tenido necesidad ni deseo de profanar el edificio ni de convertirlo en otro negocio o complejo de apartamentos. Solo necesitaba un lugar seguro donde guardar mi sigilo y las pocas piezas de equipo y tecnología Khargal que aún poseía, así como un lugar donde pudiera hibernar en forma de piedra sin que nadie cuestionara mi presencia.

—Bien, déjame ver qué puedo hacer —dijo Lana—. Supongo que eso significa que Tommen no podrá hacer su vuelo de gárgola.

—Lo llevaré el próximo fin de semana —dije con una sonrisa conciliadora—. Llámalo un regalo de cumpleaños adelantado.

Lana me devolvió la sonrisa, pero no pasé por alto la tristeza de sus ojos. La echaría de menos tanto como sabía que ella a mí.

—Te tomo la palabra, piedrita —dijo Lana, dándome un golpecito en el espolón del ala derecha—. Es hora de hacer algunas llamadas de emergencia.

Giró sobre sus talones y se dirigió hacia la salida de mi cabina privada.

—Lana —la llamé mientras se acercaba a la puerta. Me miró por encima del hombro—. Gracias.

Sonrió, guiñó un ojo y se marchó.

CAPÍTULO 2

BRIANNA

Con el corazón palpitante, intenté mantener un rostro estoico mientras Lana Dalghren me introducía en The Darkest Hour. Cuando mi bufete recibió su mensaje esta mañana, casi supliqué a mi jefe que me dejara encargarme de este proyecto. Llevaba años intentando acercarme al misterioso propietario del exclusivo club, pero sin éxito. A otros antes que yo se les había permitido mantener conversaciones privadas con él. A mí, no. A mí nunca. Por alguna razón, parecía estar en la lista negra. Y sin embargo, nunca había actuado de forma exigente o agresiva, a diferencia de algunas de las personas que llegaron a conocerle.

La última vez que lo había intentado, hacía dos años, Lana había sido educada, pero firme al asegurarme que el Sr. Drayvus no deseaba hablar conmigo, ni ahora ni nunca. Aquello me había dolido. No, me había roto el corazón. ¿Qué había hecho para que me rechazaran tan brutalmente? En lugar de disuadirme, alimentó aún más mi teoría de que él podría ser la persona que yo había estado buscando y que temía un posible reencuentro.

Después de tanto tiempo, me pregunté si Lana me reconocería y si eso la impulsaría a rechazarme. Su dura mirada me confirmó que sí me recordaba, pero con mostrarle mi tarjeta de visita me bastó para entrar. Mis ojos recorrieron el lugar, observándolo por primera vez bien iluminado y desprovisto de las masas de cuerpos que normalmente lo inundaban. El silencio era espeluznante, y nuestros pasos resonaban con fuerza en la antigua iglesia, casi vacía.

Unos camareros correteaban de un lado a otro, preparando las mesas para el servicio de restaurante que empezaría dentro de un par de horas y duraría hasta las ocho de la tarde, cuando el local volvería a convertirse en un club nocturno.

—Por aquí, Sra. Brent —dijo Lana, guiándome hacia una gruesa puerta situada en la parte trasera—. Alkor quiere ampliar el club con salas temáticas en las antiguas catacumbas. Por desgracia, ¿recuerdas el desastre que se produjo hace unos años y que provocó el derrumbe de parte de ellas?

Asentí con la cabeza, recordando demasiado bien los pleitos que habían seguido por la grave negligencia que pudo costar vidas.

—Bien —continuó Lana mientras abría la enorme puerta, revelando una gran escalera de piedra que conducía a las catacumbas. Empezó a descender y yo la seguí—. Cuando mi jefe se propone algo, lo quiere para ayer. En este caso, *necesita* que se abra la primera sala en una semana para un acontecimiento muy especial. Por ahora, no tienes que preocuparte de tener un diseño completo de las habitaciones y la distribución, solo tenemos que ayudar a que los obreros de la construcción retiren los escombros de esa primera habitación sin poner en peligro la integridad del edificio.

—Sí, por supuesto. Sin embargo, necesitamos permisos...

—Pagaremos los extras que sean necesarios para agilizar el proceso —interrumpió Lana—. Tengo entendido que podemos conseguir uno urgente en veinticuatro horas. El dinero no será un problema, siempre que consigas abrir esa habitación en un plazo de siete días.

—De acuerdo —dije cuando llegamos al sótano.

—Eres la tercera empresa con la que me reúno esta mañana para hablar de este proyecto —dijo Lana, volviéndose hacia mí—. La primera declaró sin ambages que no podía entregarlo en nuestro plazo. La segunda dijo que se pondría en contacto con nosotros con un compromiso firme antes de las 14:00 de hoy. ¿Podrías hacer tú lo mismo?

—Basándome en los esquemas que enviaste anoche con tu mensaje y en los informes de inspección adjuntos, a menos que algo haya cambiado radicalmente desde que se redactaron, no veo ningún motivo por el que no podamos cumplir tu petición —dije, segura de mi evaluación. Deseaba este trabajo con todas mis fuerzas, pero no tanto como para arriesgar mi carrera con falsas promesas—. Naturalmente, te costará bastante más que si intentáramos ofrecerte un precio competitivo con un plazo más laxo. Pero si, como dices, el dinero no es un problema, para cuando termine de ver el lugar, debería poder confirmarte que, efectivamente, podemos hacerlo por ti.

—Buena respuesta —dijo Lana con una amplia sonrisa.

Le devolví la sonrisa, pues me había caído bien al instante. Incluso en mis encuentros anteriores con ella, siempre había sido una dama educada y con clase. Al echar un vistazo a la sala rectangular de piedra oscura y beige en la que habíamos aterrizado, sonreí ante la familiar sensación de transportarme atrás en el tiempo cada vez que visitaba iglesias antiguas. El olor polvoriento y mohoso de los lugares cerrados nos saludó al entrar en la sala, que tenía cuatro pasillos que se ramificaban, dos a izquierda y derecha, y un pasillo más largo en línea recta que estaba casi completamente bloqueado por escombros, por lo que Lana me indicó que avanzara hacia el segundo pasillo de la derecha. Las piedras de grava crujían bajo mis pies mientras caminábamos por el suelo compuesto de las mismas piedras que las utilizadas en las paredes.

Para mi alivio, a pesar del derrumbe, la estructura parecía tan sólida como decían los informes posteriores al incidente. Más adelante, pude ver los primeros indicios de escombros que obstruían la sala. Al acercarnos a la abertura, sonó el teléfono de Lana. Lo atendió y escuchó durante unos segundos.

—Maldita sea —maldijo—. Vale, ya voy —Lana colgó y se volvió hacia mí—. Tengo que ir a ocuparme de algo arriba. Vuelvo enseguida. La habitación está ahí delante. Es un callejón sin salida, así que no puedes perderte.

—No hay problema. Estaré bien —dije, sonriendo tranquilizadora.

La verdad es que me venía bien no tener a nadie pendiente de mí mientras intentaba hacer mi trabajo. Lana asintió y volvió sobre sus pasos hacia el piso superior. Yo crucé el resto del camino hasta la habitación. No la cerraba ninguna puerta, solo un enorme portal arqueado con un gran par de apliques iluminando la entrada. Aunque parecían antorchas antiguas, en realidad eran apliques eléctricos.

Al entrar en la habitación, casi se me para el corazón. En el lado izquierdo, sobre un pedestal extrañamente colocado, una enorme gárgola de piedra miraba fijamente a la habitación. Di un grito de sorpresa y luego se me congeló el cerebro.

Conocía aquel rostro. El rostro que me había perseguido en sueños durante los últimos veinte años.

¡Te he encontrado!

Con las rodillas temblorosas, me acerqué a él con pasos vacilantes.

Pero era solo una estatua.

¿Quién habría esculpido una réplica tan grande y real del hombre... criatura que me había salvado hacía tantos años? Desde la primera vez que había oído una descripción de Alkor

Drayvus, me había preguntado si podría ser él. Nunca había podido verle bien, y él nunca permitía que nadie le fotografiara bien. Pero incluso desde la distancia, parecía demasiado joven para ser el que me había salvado de ahogarme... a menos que no hubiera envejecido ni un día.

Levanté una mano temblorosa hacia el rostro de la gárgola. Mi tacto se encontró con la fría piedra, de textura extrañamente suave y pulida. Mis dedos recorrieron sus ojos, su nariz y sus labios extrañamente humanos, y luego volvieron a los cuernos cortos y puntiagudos que adornaban su cabeza casi como una corona. Me recordaban a los de aquellos alienígenas de La Guerra de las Galaxias, como el tal Darth Maul. Debía de ser la gárgola más hermosa que había visto nunca, con rasgos casi humanos. Con las manos agarradas al borde de la percha sobre la que se agachaba, su pecho musculoso y sus brazos abultados me hacían babear. En los años transcurridos desde que Alkor Drayvus había inaugurado The Darkest Hour, había protagonizado muchas de mis fantasías nocturnas más traviesas, en las que tenía exactamente el mismo aspecto que esta gárgola.

Con voluntad propia, mis palmas exploraron sin prisa su amplio pecho. La atención al detalle del escultor—hasta los pezones de la estatua—me dejó alucinada. Mis dedos trazaban las líneas de su perfecto abdomen cuando un movimiento en el límite de mi visión me sobresaltó. Miré hacia abajo, entre sus brazos, hacia su entrepierna, y observé un extraño bulto—demasiado bien situado—en el que no había reparado antes. Al volver a mirar la cara de la estatua, retrocedí ligeramente. Sus labios parecían formar una mueca, con la punta de unos colmillos afilados. No recordaba haberlos visto antes. ¿Me estaban jugando una mala pasada mis ojos?

Estaba demasiado ocupada babeando por aquellos músculos tan sexys.

Volví a levantar la mano hacia su cara y le pasé el pulgar por los labios. Por alguna razón irracional, presioné con la yema del pulgar la punta de su colmillo. Resultó ser mucho más afilado de lo que esperaba y me hizo una muesca. Con un leve silbido, aparté la mano y chupé la perla de sangre que rezumaba. Al mirar hacia abajo, me quedé boquiabierta.

Ese bulto no era TAN grande hace unos segundos. ¡Estoy segura de ello!

Pero la piedra no se movía así. ¿O no era piedra? Como soy de las de "actúa primero, piensa después" me acerqué a su... entrepierna y apreté el bulto.

Piedra.

Fría, dura e inflexible bajo mi tacto, mi imaginación estaba claramente desbocada.

—¿Qué demonios estás haciendo? —preguntó Lana, y el sonido de su voz, muy molesta, me hizo chillar de sorpresa.

Aparté la mano de la ingle de la gárgola y me giré para mirarla. No necesitaba un espejo para imaginarme la expresión de culpa y mortificación que se dibujó en mi rostro. ¿Cómo explicabas a un cliente potencial que habías estado abusando de una estatua porque creías que se le había puesto dura?

—Lo siento —dije, con las mejillas encendidas por la humillación—. No debería haber tocado la estatua. Es una pieza increíblemente realista. Y... el modelo se parece mucho a alguien que conocí antes.

Entrecerró los ojos.

—¿A alguien que conocías?

—Es... Bueno, no conocía a la persona, pero... ¿Sabes quién era el modelo de esta estatua? Su cara es exactamente igual a la del hombre que me salvó la vida hace veinte años. Llevo buscándole desde entonces para darle las gracias. Así que ver su cara en esa estatua me desconcertó.

Una expresión extraña cruzó sus facciones. En ese instante, creí que sabía quién era el modelo, o tal vez incluso el hombre. No iba a tentar a la suerte ahora, pero creía que aquel hombre estaba relacionado de algún modo con su jefe.

—Lo siento, la estatua venía con el edificio —dijo Lana—. Entonces, sobre el trabajo....

—Claro —dije, saliendo de mi aturdimiento—. Necesitaré unos treinta minutos, entonces podré darte mi respuesta.

—Perfecto.

CAPÍTULO 3
ALKOR

Me hervía la sangre con un hambre rabiosa. Si Lana no hubiera entrado en la habitación cuando lo hizo, habría salido de mi forma de piedra, habría tirado al suelo a la tonta ingeniera y la habría violado allí mismo. Mi polla palpitaba de necesidad insaciable. No bastaba con que, en cuanto la viera, mis glándulas de apareamiento se activaran, sino que ella también tenía que tocarme. ¿Cómo pudo dejarla entrar Lana? ¿Será que había reconocido a la hembra?

Brianna se había convertido en una hermosa mujer. Veinte años atrás, durante uno de mis vuelos nocturnos, había presenciado cómo un conductor ebrio perdía el control de su vehículo y embestía a otro coche. El vehículo había dado vueltas de campana antes de caer al río. La madre de Brianna había muerto en el acto. Su padre había resultado herido y estaba inconsciente, aunque volvió en sí poco después. Brianna había resultado ilesa, pero había quedado atrapada en el asiento trasero mientras el vehículo se hundía. Los había sacado a los dos, dejando a la madre ya que estaba más allá de toda ayuda. La niña me había mirado con los ojos desorbitados, tanto por el shock como por la incredulidad. Como era más pequeña, supuse que tenía unos seis años, pero, según las noticias de los días siguientes, tenía ocho.

Durante los años siguientes, pensé que se habría olvidado del extraño ser que les había llevado a ella y a su padre a un lugar seguro antes de desaparecer en la noche. O tal vez habría creído que el shock la había hecho inventar una figura mítica para explicar cómo habían sobrevivido. Pero cuando apareció en The Darkest Hour, poco después de su inauguración, hace casi diez años, me di cuenta de que se acordaba y estaba decidida a seguirme la pista.

Entonces, como ahora, en el instante en que se había puesto frente a mí, mis instintos de apareamiento se habían despertado, haciendo que mis glándulas de apareamiento se activaran. Solo una hembra destinada a ser la compañera de vida de un Khargal podía desencadenar semejante respuesta. Cuando la rescaté, veinte años atrás, no tenía ni idea de que estaba salvando a mi *Hondassa*. Por mucho que deseara reclamarla ahora, para poner fin a mi soledad, había hecho todo lo que estaba en mi mano para mantenerla a distancia. La Directiva Primaria dictaba que mantuviéramos nuestra existencia en secreto para los humanos. De todos modos, ¿qué clase de vida podría ofrecerle a ella o a nuestra posible descendencia? Estarían condenados para siempre a vivir ocultos conmigo, como yo había tenido que hacer durante los últimos mil años.

Pero la activación de los sigilos lo cambió todo.

Permanecer inmóvil en mi pedestal, deseando que mi erección disminuyera, resultó ser una tortura de proporciones propias de la Inquisición Española. Sentí su mano en mi entrepierna mientras la observaba inspeccionar la habitación, tomar medidas y tomar notas. Tan disgustada como había estado Lana, ahora me lanzaba miradas burlonas cada vez que Brianna nos daba la espalda. Sabía lo que Brianna era para mí y me había regañado por no aprovechar la oportunidad de estar con ella.

Las mujeres se marcharon por fin y me levanté de mi pedestal. Solo había pretendido observar a las candidatas para ayudar a Lana a decidir a cuál contratar. Sencillamente, no había esperado que Brianna apareciera como una de ellas.

Sin embargo, debería haberlo sabido.

Por supuesto que sí. Siempre me pareció demasiada coincidencia que se dedicara a la ingeniería arquitectónica especializada en iglesias y monumentos históricos. ¿Qué mejor lugar para encontrar gárgolas e interactuar con ellas?

Pensar en ella manoseando otras estatuas de gárgolas como lo había hecho conmigo despertaba en mí una ira irracional. Sabía que no se había encontrado con otros Khargals. Les había advertido del interés de ella por nosotros y me lo habrían dicho si se hubiera topado con alguno. Por otra parte, dado que los pocos que quedábamos vivos estábamos dispersos por todo el mundo, las probabilidades de que se encontrara con alguno de ellos eran mínimas.

Esperé un poco antes de subir. Lana habría llevado a Brianna a la entrada o a su despacho, despejándome el camino para escabullirme a mis aposentos de arriba. Al oír hablar a Brianna, ya sabía que la contrataríamos. Incluso sin su confianza en poder cumplir los plazos, había terminado de evitarla. La sensación de sus manos en mi cuerpo me atormentaba. Necesitaba más. *Tendría* más.

Gracias a la reactivación de los sigilos, en unas semanas volvería a casa. Llevarme a Brianna conmigo eludiría en cierto modo la Directiva Primaria. Ella no tenía a nadie. Bueno, aún tenía a su padre, pero la última vez que lo comprobé, se habían distanciado con el paso de los años. ¿Consideraría abandonar su mundo natal para seguir a un ser alienígena que creía que era una gárgola?

Durante lo que me pareció una eternidad, esperé a que Lana terminara con Brianna y viniera a ponerme al día. Perdí la paciencia y estaba tomando el móvil para enviarle un mensaje de texto cuando por fin se abrió la puerta de mis dependencias privadas. A pesar de la expresión divertida de su rostro, sus ojos tenían un brillo mucho más serio.

—Es una chica encantadora —dijo Lana—. Sigue obsesionada por conocerte, aunque esta vez ha hecho un buen trabajo para no ser demasiado obvia. También parece increíblemente competente a pesar de su juventud.

—Sí que parecía tener talento —dije sin comprometerme.

—¿Cuándo? —preguntó Lana, resurgiendo el tono burlón—. ¿Cuando te estaba metiendo mano o cuando describía el trabajo que habría que hacer antes de retirar los escombros?

La fulminé con la mirada para ocultar mi vergüenza y cómo el recordatorio había hecho que la sangre volviera a correrme por la ingle.

—Brianna no me estaba metiendo mano —murmuré, preguntándome por qué sentía la necesidad de mentir en su defensa.

—¿En serio? —dijo Lana enarcando una ceja con duda—. Recuerdo perfectamente que te rozó la entrepierna con la mano.

Resoplé—aunque sonó más como un gruñido—y me aparté de ella para ocultar que mi erección volvía a asomar la cabeza. Tomé mi filtro de percepción de la estantería de mi sala de estar y fingí juguetear con él.

—Has visto mal —dije, poniendo fin a aquel tema—. Entonces, ¿la vamos a contratar? ¿A su empresa?

Lana asintió.

—Sí. Brianna es sorprendentemente eficiente. Ya se había puesto manos a la obra, poniendo a un montón de gente a la espera por si le dábamos el contrato. Confía en que el trabajo pueda empezar pasado mañana.

—¿Dos días perdidos? —pregunté en señal de protesta—. Lo necesito excavado en una semana.

Lana me miró con cara de "deja de comportarte como una diva" y se sentó en mi sillón de cuero negro en un intento deliberado de irritarme. Sabía que no me gustaba que la gente se sentara en *mi* silla. El sofá a juego y los taburetes de la barra ofrecían muchos otros asientos para los invitados, aunque yo nunca recibía a nadie.

—Relájate. Francamente, es un tiempo récord teniendo en cuenta que también nos está consiguiendo el permiso de construcción —dijo Lana—. La pobre probablemente no dormirá en las próximas 48 horas para tenerlo todo listo a tiempo. Para ella esto es hacer carrera. Si lo consigue para su empresa, no dudes de que la harán socia.

—¿Por sacar escombros? —pregunté, confuso.

—No, tonta cabeza de piedra —dijo Lana, poniendo los ojos en blanco—. Para la ampliación de las catacumbas. Va a ser una gran empresa, con mucho derecho a presumir cuando esté terminada... dentro de unos meses.

—Bien...

Volví a colocar el filtro de percepción en la estantería y flexioné las alas. Sería un proyecto decisivo para mi carrera. ¿Lo elegiría antes que a mí?

¿Por qué demonios estoy pensando en eso?

Vale, me había excitado las glándulas. Eso no significaba que tuviera ningún interés en mí. Probablemente teníamos menos de un mes antes de que yo tuviera que marcharme. Apenas teníamos tiempo para conocernos lo suficiente como para que pudiera tomar una decisión con conocimiento de causa. Por primera vez, me arrepentí de no haber seguido el consejo de Lana, tantos años atrás, de aprovechar la ocasión.

—Querrá reunirse contigo cuando las obras estén en marcha para hablar de tus planes para las distintas salas de las catacumbas, de modo que pueda empezar a trabajar en algunos planos —dijo Lana con voz suave.

Me acerqué al ventanal que daba al pequeño parque rodeado de rascacielos en pleno centro de la ciudad. Cientos de peatones se apresuraban por las calles, algunos de ellos ya llevaban gruesos jerséis o cortavientos en la soleada, pero fresca mañana de principios de octubre.

—Me reuniré con ella cuando vuelva el jueves.

—¿En serio?

Mirándola por encima del hombro, sonreí ante su expresión de sorpresa.

—Como dijiste, a veces hay que aprovechar el momento.

Lana se puso sobria, se levantó y se acercó a mí lentamente. Me volví hacia ella. Me cogió la cara entre las manos con la mirada maternal que solía dirigir a su hijo. Se me oprimió el pecho. A pesar de ser siglos mayor que ella, Lana se había convertido en una hermana mayor y casi en una madre para mí.

—¿Sigue despertando en ti esa... reacción de unión? —preguntó suavemente.

Asentí con la cabeza.

—Entonces no pierdas el tiempo. Pase lo que pase, nunca tendrás una oportunidad a menos que lo intentes. Yo no puedo ir adonde tú vas. Pero acabes donde acabes, sería bueno para mí saber que hay una buena mujer cuidando de ti.

—No soy un niño —dije, frunciendo el ceño.

—Eres un hombre. Es lo mismo.

Me acercó la cara a la suya, se puso de puntillas y me besó en la frente. Resoplé y negué con la cabeza. Me acarició la mejilla, se dio la vuelta y se marchó.

Los dos días siguientes se hicieron eternos. Me puse en contacto con los pocos Khargals con los que seguía en contacto. Ellos también se afanaban por recuperar sus propios sigilos. No solo los necesitábamos para encontrar el punto de encuentro, sino que, en mi caso, también tenía mi armadura, escudo y arma guardados con el sigilo. Aunque podíamos enviar una señal de autodestrucción a cualquier sigilo que no consiguiéramos recuperar, eso no funcionaría con mi equipo. No podía arriesgarme a dejarlos atrás por miedo a que los humanos acabaran tropezando con ellos y aplicaran ingeniería inversa a todo mi equipo de grado militar. Durante el último siglo, su evolución tecnológica había sido realmente fenomenal y ahora crecía exponencialmente cada año. En sus manos—al menos en las de los menos escrupulosos—los sigilos podían utilizarse para grandes males.

Esperaba que Roc, un híbrido humano-Khargal que también vivía aquí en Montreal, quisiera hacer el viaje conmigo, pero se había ido para intentar despertar a su padre de la hibernación. Roc y yo no éramos íntimos, pues teníamos personalidades completamente opuestas. Como el travieso que era, el ladronzuelo impenitente no respetaba la Directiva Primaria. De hecho, tuve que expulsarle de mis clubes por ser tan mujeriego. Aun así, en Duras no tendría a nadie y no conocería nuestro mundo.

Ya tendríamos tiempo de hablar de ello cuando estuviéramos de camino a casa.

Por ahora, tenía una cita con una hembra humana que me distraía de mi deber. Y un guerrero nunca se aparta de su deber.

CAPÍTULO 4
BRIANNA

Lana me condujo al interior del club. Necesité todo mi control para no mirar por encima de su hombro en busca de Alkor Drayvus. Aún no podía creer que por fin hubiera accedido a reunirse conmigo. Para mi alegría—pero no para la de Lana—los obreros habían llegado a las 7 de la mañana y ya habían empezado los trabajos de refuerzo. Stephen, el jefe de obra, me puso rápidamente al día de los progresos y me confirmó que las cosas no solo iban por buen camino, sino que, salvo complicaciones imprevistas, probablemente terminaríamos antes de lo previsto.

Eso me complació enormemente. Cuanto antes acabáramos de limpiar los escombros, antes empezaríamos a construir la ampliación. Lo que significaba que pasaría más tiempo con el Sr. Oscuro y Misterioso. Mientras inspeccionaba el trabajo realizado hasta el momento, que incluía el refuerzo de todas las zonas de las catacumbas, me dirigí hacia la sala principal y la estatua de gárgola que se había convertido en una auténtica obsesión desde que la había visto por primera vez. Me dolían literalmente las manos por su tacto inusual, frío, con una extraña mezcla de piedra áspera, pero pulida bajo las palmas. Se me calentó la cara al pensar en los sueños tórridos y tan pervertidos que había tenido con aquella estatua y conmigo y que no me habían dejado dormir en las dos últimas noches.

Pero, sobre todo, era el rostro de aquella gárgola lo que me atormentaba. De niña, aquel rostro había sido tanto un bálsamo para mi corazón roto como una pesadilla que me perseguía. Había sido el héroe que me había salvado de una muerte segura a causa del agua helada que seguía subiendo, entumeciendo mi cuerpo y amenazando con robarme el aliento. Pero también era el rostro que apareció en el agua oscura y turbia donde se había hundido el cuerpo sin vida de mi madre. El rostro que me recordaba que ella nunca volvería a casa, y que Papá nunca se había recuperado de su pérdida. Y peor aún, que Papá nunca podría perdonarme por parecerme tanto a ella, al verdadero amor que nunca volvería a ver.

Y sin embargo, hace dos días, no fue ninguna de esas emociones lo que este rostro despertó en mí. Visto a través de los ojos de una mujer—concedido, una mujer con problemas de abandono y extraños gustos en hombres—su inusual belleza me había hipnotizado. Nunca me había hecho ni un tatuaje ni un piercing—salvo en los lóbulos de las orejas—y siempre había pensado que la gente muy aficionada a esas cosas era rara. Pero contemplar aquella gárgola, aquellos huesos faciales y aquellos cuernos había sido más que sexy. Las pocas veces que me había permitido entrar en The Darkest Hour durante el horario de apertura del club, me habían disgustado algunos de los implantes exagerados—y a menudo mal hechos—que se había hecho la gente. Pero aquella estatua...

De repente me hizo preguntarme si ése era el motivo por el que Alkor siempre permanecía en la sombra. ¿Los cirujanos plásticos habían hecho un mal trabajo con sus implantes? El hombre que me había rescatado, al menos en el caótico recuerdo que conservaba de aquel día, había parecido natural. Durante años, creí que las gárgolas eran reales. Pero igual que los niños dejan de creer en Papá Noel, yo acabé dejando de creer en criaturas voladoras con cuernos que vigilaban a los indefensos en la noche.

Al volver a entrar en la sala principal, mis ojos se desviaron inmediatamente hacia la esquina izquierda, donde estaba el pedestal de la gárgola... vacío.

—¿Dónde está? —susurré, con el pánico en aumento.

Mirando frenéticamente a mi alrededor—no es que hubiera nada que mirar aparte de muros de piedra y escombros—me volví para perseguir a Stephen y exigirle que me dijera qué había hecho con la estatua cuando choqué contra un muro humano. De no haber sido por su rápida reacción, tomándome por la parte superior de los brazos, habría aterrizado de culo.

—¡Ay! —dije, frotándome la cara.

—Lo siento —dijo una voz profunda y grave—. No esperaba que intentaras abordarme de repente.

No sabría decir si se estaba burlando de mí o no. Alto, ancho y musculoso, estaba claro que no era uno de los obreros de la construcción. Había algo familiar en su rostro, aunque nunca lo había visto antes. Mandíbula cuadrada, ojos de un extraño tono marrón amarillento y pelo negro que le llegaba hasta los hombros, era escabrosamente guapo. Deberían haberme flaqueado las rodillas, pero lo único que veía era la cara de la gárgola.

—Yo... lo siento —dije, retrocediendo un par de pasos—. Tengo que encontrar a Stephen. Aquí había una estatua de gárgola gigante y... —dije señalando el pedestal desnudo.

—La he movido —me interrumpió el hombre.

Me quedé mirándole con la boca abierta.

—¿Cómo dices?

—La he movido —repitió el hombre—. No tendría sentido dejarla aquí en peligro durante las obras, ¿no te parece?

El corazón me dio un vuelco cuando por fin me di cuenta de quién tenía delante. Demasiado aturdida para responder, mi mirada vagó sobre él, deteniéndose en su rostro. Sí, el tamaño y la altura coincidían con el hombre que había visto a distancia, pero sin cuernos, sin alas, sin implantes.

—Eres normal —solté, sin ocultar nada de mi decepción.

Él retrocedió sorprendido mientras mis mejillas casi estallaban en llamas.

—Quiero decir... Vaya, lo siento mucho. Es que....

Mortificada ni siquiera podía empezar a describir cómo me sentía ahora mismo.

—¿Qué es lo normal? ¿Y por qué estás tan decepcionada? —preguntó el hombre que supuse que era Alkor—. ¿Cómo me imaginabas, Srta. Brent? ¿Caminando día y noche con el aspecto de una criatura salida directamente del Inframundo?

—Bueno... ¿sí? —dije encogiéndome de hombros un poco avergonzada.

—Siento no estar a la altura de tus expectativas, entonces —dijo, burlón—. ¿Debería ir a disfrazarme?

—Claro que no —dije, preguntándome si podría empeorar las cosas—. ¿Podemos... podemos empezar todo este lío de nuevo? —pregunté—. Hola, me llamo Brianna Brent, tu ingeniera. Encantada de conocerte por fin.

Le tendí la mano, esperando que no me dejara con el brazo extendido.

Para mi alivio, sonrió y me tomó la mano. Su apretón, firme pero suave, me desconcertó. Aunque me vino a la mente "calloso", no encajaba del todo con el tacto de sus palmas. Tenía un tacto más duro y áspero. No era desagradable, pero sí extraño. Aun así, era preferible a unas manos sudorosas y húmedas. El mero hecho de pensar en eso me producía una sensación repugnante.

—Alkor Drayvus, a tu servicio —dijo, con una voz cascajosa que sonaba casi como un ronroneo—. ¿Quieres...?

Los sonidos de perforación se reanudaron cuando los obreros terminaron su pausa, interrumpiendo a Alkor. Con una sonrisa ligeramente divertida, me indicó con la cabeza que le siguiera. Le dediqué una sonrisa de agradecimiento y le seguí de cerca mientras subía las escaleras.

—Vamos a mi despacho —dijo Alkor—. Estaremos más tranquilos para hablar.

Asentí, entusiasmada ante la idea de visitar la planta superior, a la que solo había echado un vistazo desde la planta baja, o a través de fotos colgadas en Internet por la gente "genial" con acceso a las secciones VIP. Sin embargo, en lugar de dirigirse hacia el pequeño ascensor de la parte trasera de la iglesia, abrió una pesada puerta de madera a pocos metros de las escaleras de las catacumbas. Daba a una sala que, supuse, servía de pequeña capilla para servicios privados.

La curiosidad pronto hizo a un lado esta segunda decepción. La luz natural que entraba por las vidrieras originales iluminaba la estancia con un aura especial. Los eclécticos muebles de su interior procedían de distintas épocas, en una extraña mezcolanza artística. De lo medieval a lo victoriano, de lo moderno a lo tribal, algunas de las piezas parecían pertenecer a un museo. Unas cuantas estanterías oscuras de madera mostraban diversos objetos que, una vez más, parecían artefactos originales. Sabía que Alkor era rico; al menos, eso decían todos los rumores sobre él. Pero el valor de su colección parecía oscilar en múltiplos de millones. ¿Por qué iba a tener semejantes tesoros tan fácilmente accesibles?

—Siéntese, señorita Brent —dijo Alkor, indicando un sofá rojo oscuro que podría haber salido directamente de una película de vampiros—. ¿Puedo ofrecerle algo de beber? —preguntó cuando accedí—. ¿Agua? ¿Café? ¿Bebida fría? ¿Algo más fuerte?

—Agua estaría bien —dije, aunque me habría venido bien algo más fuerte. Pero necesitaba mantener la cordura y mis nervios no podían soportar la cafeína ahora mismo.

Sacó una botella de agua de una mininevera hábilmente

oculta por lo que yo había supuesto en un principio que era una talla decorativa de pared.

—Oh, no hace falta un vaso —le dije cuando buscó uno en su minibar—. No soy una chica muy formal.

Su sonrisa de satisfacción me dijo que me había ganado algunos puntos. Quién sabía por qué importaba eso. Pero, por alguna razón, sí.

—Quiero darte las gracias por darme la oportunidad de trabajar para ti, Sr. Drayvus —dije, recordando la norma de "adular siempre al cliente importante" en la que insistía mi bufete.

—Alkor, por favor —dijo, sentándose en la silla a juego frente a mí—. Verás que yo tampoco soy especialmente formal.

Me lo creí y, sin embargo, había algo solemne en él. Utilizaba palabras comunes cuando hablaba y, aun así, conseguía parecer... no necesariamente engreído, pero definitivamente de otro nivel de la sociedad. No sabría decir si era por la forma en que arrastraba sutilmente ciertas sílabas, por su voz grave o por cómo pronunciaba las palabras, como si tuvieran distintos sabores. Me vino a la mente "principesco"...

—Desde luego. Pero debo insistir en que me llames Brianna.

Me dio la botella, que acepté amablemente, y volvió a sentarse.

—Brianna será —dijo, apoyando el tobillo en la rodilla, con una sonrisa de oreja a oreja—. Y solo conseguiste el contrato por méritos propios. Viniste preparada, con un plan claro, tu equipo listo para actuar. Satisficiste mis necesidades donde otros fracasaron. Debería ser yo quien te diera las gracias por haber cumplido con tan poca antelación. Estoy satisfecho con los progresos realizados hasta ahora.

Me engreí ante su aprobación. Este contrato podría hacer mi carrera. Eso sí que era matar dos pájaros de un tiro. Aunque había conocido a mi hombre misterioso, seguía necesitando respuestas. Pero, ¿cómo podía sacar el tema sin ponerme en evidencia?

—Yo también estoy muy contenta —dije, sin ocultar el orgullo que sentía—. Stephen es la persona a la que acudo siempre que necesito un trabajo rápido y bien hecho. Hemos colaborado en muchos contratos y siempre ha cumplido mis planes. Estoy segura de que quedarás muy satisfecho con los resultados —Me removí en el asiento y me relamí nerviosamente —. Por eso casi me asusté cuando vi que faltaba la estatua de la gárgola. Como todo lo que posees —dije señalando todos los artefactos de su despacho—, parecía tener un valor tremendo. Si le hubiera pasado algo....

—Tiene un valor incalculable para mí —dijo Alkor asintiendo con la cabeza cuando se me cortó la voz—. Por lo tanto, dejarla en medio de una obra no me parecía aconsejable.

—Cierto —dije, acomodándome un mechón de mi pelo castaño dorado detrás de la oreja—. Tengo que admitir que me fascina. Está en tan buen estado que supongo que es de fabricación reciente. ¿Conoces el modelo?

Alkor ladeó la cabeza y me dirigió una mirada ilegible.

—¿Por qué lo preguntas?

Jugueteé con mi botella de agua, enroscando y desenroscando la tapa en una evidente muestra de lo nerviosa que me sentía.

—Él... me recuerda a alguien especial. Alguien que desempeñó un papel importante en mi vida.

Alkor enarcó una ceja inquisitiva.

—¿Ah, sí?

—Él... —Me detuve y bebí un sorbo de agua, sintiendo de repente la garganta completamente seca. Mi instinto me decía que Alkor sabía exactamente quién era el modelo—. Me salvó la vida hace muchos años. Nunca tuve ocasión de darle las gracias. Si es él...

—¿Un hombre con cuernos y huesos faciales te salvó la vida? —preguntó Alkor.

Se me calentó la cara, sabiendo qué clase de pensamientos debían estar cruzando su mente ahora mismo.

—Sus rasgos son los mismos —dije, esquivando la pregunta en sí—. Los ojos, la nariz, la boca, la mandíbula cuadrada y ese pelo ondulado y esponjoso. También eres conocido por tu asombroso disfraz. Y, sin embargo, ahora mismo, no podrías parecer más....

—¿Normal? —dijo, burlón, cuando se me cortó la voz.

Mis mejillas volvieron a arder.

—¿Te gustaría verme con cuernos y alas, Brianna?

—¡Sí! —solté demasiado deprisa.

Alkor se echó a reír.

—Bueno, desde luego alguien está ansioso.

—Lo siento. Vaya —dije, mortificada—. Normalmente soy más controlada y....

—No te preocupes —dijo Alkor—. Tu espontaneidad es refrescante. Vuelve mañana por la noche, cuando abra el club. Podrás subir por el ascensor hasta mi palco para ver, de primera mano, al Señor de The Darkest Hour.

—¿De verdad? —pregunté, inclinándome hacia delante por la emoción—. Quiero decir que no tienes por qué hacerlo. No quiero hacerte sentir como... Ya sabes. Yo...

—Sí, de verdad —dijo Alkor, con los ojos brillantes de diversión—. Y no, no me harás sentir como un bicho raro más de lo normal. Si no, no me habría ofrecido.

Vacilé, sin saber muy bien qué responder.

—De acuerdo, entonces —dije débilmente—. Muchas gracias. Me gustaría mucho.

—No olvides el código de vestimenta —añadió.

Se me cayó el estómago al repasar mentalmente mi vestuario. No tenía nada muy gótico. Pero sí tenía una blusa bohemia con mangas abullonadas y una falda larga negra. Hoy podría comprarme un collar gótico y un pintalabios oscuro de camino a casa. Era una oportunidad demasiado buena para desaprovecharla. Haría que funcionara.

—No lo haré —dije, mareada.

Entonces me di cuenta de que Alkor había desviado hábilmente el tema del hombre que había hecho de modelo para la gárgola. Bebí un sorbo de agua y pensé en volver a hablar del tema, pero no se me ocurrió cómo hacerlo sin que me viera como una acosadora o una bicha rara. Ya habría otras oportunidades.

Obligándome a centrarme en el motivo de mi presencia aquí, volví a centrarme en mi trabajo.

—Ahora, sobre el contrato, necesitaría más detalles sobre lo que quieres hacer con esas habitaciones para poder empezar a dibujar unos primeros borradores para tu aprobación. También me preguntaba qué tipo de evento planeas en esa primera sala. Es bastante pequeña. Aún estás a tiempo de abrir en su lugar una de las otras salas, más espaciosas, respetando tu plazo.

—No —dijo Alkor tajantemente. La firmeza de su tono me sorprendió—. Necesito esta habitación en concreto terminada. Ninguna otra.

—De acuerdo —dije en tono cuidadoso—. Solo era una sugerencia.

—Y muy considerada. Gracias —respondió Alkor con voz conciliadora—. Pero tiene que ser esta habitación. Es... especial.

—De acuerdo —dije. Intuyendo que no le gustaría que siguiera husmeando, dejé el tema.

Alkor procedió entonces a contarme sus planes para las doce salas de las catacumbas. Por suerte, los restos mortales habían sido trasladados antes de que él comprara la iglesia, así que no tendríamos que ocuparnos de eso. El proyecto parecía ambicioso, sin duda una empresa que definiría la carrera de alguien como yo. Cada sala estaría preparada para celebrar fiestas privadas temáticas, desde vampiros a metamorfos, nigromantes y demonios. Pero también se utilizarían como salas de escape, por lo que se necesitarían varios recovecos para esconder pistas. Y por último, pero no por ello menos importante, también quería unos cuantos pasadizos ocultos que permitieran el acceso entre habitaciones.

Tendría que trabajar con Elisa, una de las mejores decoradoras de interiores que había conocido. Entre los dos, y con el presupuesto básicamente ilimitado que nos concedía, dejaríamos boquiabierto a Alkor. Cuando terminé de tomar notas, me dolían los dedos, pero mi imaginación rebosaba de ideas.

Mientras Alkor me acompañaba de vuelta a la entrada, le eché un par de miradas furtivas. Tras superar mi decepción inicial, tuve que admitir que su encanto no dejaba de crecer en mí, por no mencionar que tenía un cuerpo para morirse. La noche de mañana sería muy interesante.

—Adiós, Brianna —dijo Alkor con su voz loca y sexy—. Estoy deseando volver a verte mañana por la noche.

—Créeme, no más que yo —dije, con aquella desdichada impaciencia asomando de nuevo su molesta cabeza.

Alkor resopló, con un inusual brillo en sus extraños ojos amarillos.

—En efecto —dijo, con una sonrisa misteriosa que se dibujaba en sus labios carnosos.

—Entonces, será hasta mañana —dije antes de marcharme.

Mientras salía a la fresca brisa de la mañana, la mirada de Alkor me quemaba la espalda. Pero mantuve la cabeza erguida, negándome a mirar atrás y revelar lo mucho que me había afectado nuestro encuentro. Esperaba con ansias el día de mañana.

~

Después de todo, acabé yendo de compras y encontré un corsé steampunk de brocado negro ridículamente sexy, con broches dorados en la parte delantera que facilitaban mucho su cierre. Un abrigo bolero negro de franela con volantes y manga larga le daba un poco más de estilo al conjunto, que completé con una falda corta de cuero negro y un par de botines negros steampunk de tacón alto. Me dejé el pelo castaño dorado suelto, con unas ondas naturales que me enmarcaban la cara, y me maquillé lo menos posible: un poco de máscara de pestañas y un pintalabios nude.

Al mirarme al espejo, tuve que admitir que el resultado era favorecedor. Tenía un aire más gótico que steampunk, lo cual me gustó. Tenía un aire de amante vampírica, que me parecía súper sexy. Teniendo en cuenta que aún faltaban algo más de tres semanas para Halloween, cubrí mi atuendo con un abrigo largo de cuero negro, pues no quería que mis entrometidos vecinos empezaran a hacer preguntas si se cruzaban conmigo de camino al garaje.

Tras dejar el coche en un aparcamiento subterráneo cercano, caminé nerviosa hasta la entrada de The Darkest Hour. Fuera ya se había formado una cola de clientes ansiosos con una variedad de trajes impresionantes. El portero me reconoció, pero sus ojos se entrecerraron al ver mi abrigo "tradicional". Me encogí de hombros, mostrando la ropa más adecuada que llevaba debajo. Con una sonrisa de aprobación, me indicó que entrara, por delante del grupo. Nunca había formado parte de la "multitud" que se adelantaba a la cola. Fue una sensación increíble. Me encantaban sus miradas envidiosas, cada una preguntándose quién era yo y qué me hacía tan especial.

¡Tengo una cita con el gran jefe, zorras! ¡Muéranse de la envidia!

La fiesta ya estaba en pleno apogeo en el interior. Multitudes de personas habían tomado por asalto la pista de baile, otros sorbían bebidas de aspecto exótico servidas en vasos con forma de calavera, o con humo en la parte superior, como si hubieran echado hielo seco en sus bebidas. La mayoría de los reservados que había a lo largo de las paredes estaban ya llenos, cargados de botellas y bocadillos para los adinerados clientes que los ocupaban. Pero yo no tenía tiempo para nada de esto. Mi corazón latía al ritmo de la música que sonaba mientras me dirigía a la parte trasera, hacia el ascensor privado. Otro guardia de seguridad, cuyo nombre no recordaba, me saludó con la cabeza mientras me acercaba. Abrió la puerta enjaulada del ascensor y me indicó con la cabeza que entrara. Utilizó un llavero en el panel de seguridad y luego pulsó el botón de subida antes de salir y cerrar la puerta tras de sí.

El ascensor voló hacia arriba y mis hombros se tensaron por la ansiedad, la expectación y la aterradora sensación de que algo importante estaba a punto de suceder; se cruzaría una línea y no habría vuelta atrás.

El ascensor se detuvo en el balcón privado al que solo Alkor tenía acceso. Con mano temblorosa, abrí la puerta de la jaula y salí. Alkor, de espaldas a mí, miraba a la multitud que festejaba, con las manos apoyadas en la barandilla. Dos enormes alas de cuero, con espolones de aspecto feroz en la parte superior y en las puntas, colgaban plegadas de su espalda. Se flexionaban, con un movimiento increíblemente natural para tratarse de prótesis mecanizadas.

—Bienvenida, Brianna —dijo Alkor, sin volverse. Su voz sonaba más grave, e incluso más áspera que antes.

—Hola —susurré, luchando por encontrar mi voz.

Giró la cara hacia un lado, ofreciéndome una vista de perfil. Se me revolvió el estómago al ver los huesos de la cara y los cortos cuernos que sobresalían de su pelo.

Conocía aquella cara. Pero la oscuridad me impedía estar segura. Avancé con pasos vacilantes, con la respiración entrecortada, como si demasiada presión en el pecho me impidiera respirar correctamente. Al detenerme apenas medio metro detrás de él, su larga cola se agitó cuando levanté la mano, con dedos temblorosos, y alcancé su ala derecha. Sin dejar de mirarme por encima del hombro, Alkor estiró aquella ala, permitiéndome explorar su textura suave y correosa. Una red de venas surcaba la membrana oscura entre los huesos. Recorrí con la palma de la mano su superficie y luego me dirigí hacia el centro de su espalda, donde se unía perfectamente a su columna vertebral, bajo el omóplato. Ningún artilugio lo sujetaba a su cuerpo.

—Son reales —susurré—. Tú eres real.

Alkor se dio la vuelta, con el rostro desprovisto de toda expresión, aunque un músculo tintineó en el borde de su mandíbula. Me tembló la barbilla y se me empañaron los ojos al contemplar el rostro que había atormentado mis sueños durante los últimos veinte años. La mandíbula fuerte, los ojos amarillos, la frente prominente y los labios sensuales. Con voluntad propia, mis manos ahuecaron su rostro, trazando cada uno de sus rasgos como si quisiera confirmar lo que estaba viendo. Alkor cerró los ojos y separó los labios mientras se entregaba a mis caricias. Un afilado par de colmillos asomaban entre ellos. Las puntas romas de sus cuernos rozaron mis palmas, mientras que el tacto sedoso de su pelo castaño oscuro las alivió.

—Eres tú. Eres tú —repetí en una letanía, con lágrimas que no podía controlar resbalando por mis mejillas—. Te encontré. Después de todos estos años, te encontré.

Le eché los brazos al cuello, enterré la cara en su pecho y lloré a lágrima viva. Su brazo me rodeó la espalda y su mano me acarició el pelo. En aquel instante, no solo me invadió la gratitud emocional, sino también el miedo, la pena y la pérdida que había sufrido aquel día y en los años siguientes.

—Tranquila, Brianna. Tranquila —susurró Alkor, que seguía acariciándome suavemente el pelo—. Estoy aquí. Estás a salvo. Todo ha terminado. Ya no puedes sufrir ningún daño.

Lo abracé con más fuerza y asentí con la cabeza, profundamente conmovida por el hecho de que hubiera comprendido sin necesidad de dar explicaciones. Mi cara rozó su cuello, la textura de su piel ligeramente áspera, como lo había sido su mano ayer cuando la estreché. Forzándome a controlarme, aflojé el agarre de mala gana y levanté la vista hacia él, sintiéndome algo avergonzada. Sus ojos amarillos me miraron con tanta ternura que se me oprimió el pecho. Me secó suavemente las lágrimas con los nudillos y me dio un beso en la frente.

—¿Por qué? —pregunté suavemente—. ¿Por qué te has escondido de mí todos estos años? ¿Por qué revelarte ahora?

Una expresión preocupada cruzó sus rasgos inusuales y apartó la mirada.

—Por favor —le supliqué—. Necesito saberlo. Sabías quién era yo todos estos años cuando te negabas a verme, ¿verdad?

Alkor suspiró y luego asintió.

—Intentaba protegernos a los dos. Ven —dijo. Me puso la mano en la cintura y me condujo a un gran banco de cuero acolchado.

A pesar de la luz tenue, pude ver que los escasos muebles de la gran cabina privada eran de primera calidad. Una vez más, la mayoría de las piezas parecían antigüedades. Aparte del banco, una silla a juego y un sofá de tres cojines que rodeaban una mesa de centro de madera, la cabina poseía su propio minibar, una mesa circular con capacidad para diez personas y un conjunto de cinco monitores que mostraban en rotación todas las áreas clave del club.

Me senté en el banco, y Alkor se acomodó a mi lado, tocándose nuestros brazos.

—¿Me proteges ocultándome que eres una gárgola? —pregunté suavemente—. Esa estatua eras tú, ¿verdad?

Alkor sonrió.

—Esa estatua era yo, en efecto, pero no soy una gárgola. Soy un Khargal.

Parpadeé, insegura de la diferencia.

—¿Es una raza diferente de gárgolas?

Alkor soltó una risita.

—La gárgola es un mito humano inspirado en los Khargals. Mi especie lleva siglos entre los humanos, viviendo oculta. Pero el avistamiento ocasional es inevitable. Los humanos crearon su propia tradición basándose en hechos reales, pero también en muchas suposiciones y especulaciones.

—Vale, pero ¿de dónde vienes? ¿Dónde vive normalmente tu gente? —pregunté—. Quiero decir que no vienes realmente de una especie de Inframundo, ¿verdad?

Alkor se echó a reír.

—No, Brianna. No vengo del Inframundo. A decir verdad, hay muy pocos de mi especie por aquí. De hecho, poco más de veinte.

—¿Veinte? —exclamé, con los ojos desorbitados—. ¿Qué ha ocurrido? ¿Te han cazado? ¿No tienes muchos hijos?

—Nuestras hembras de aquí murieron todas —dijo Alkor en tono sombrío—. Algunos de mis hermanos han tomado parejas humanas con las que han tenido descendencia híbrida.

—Lo siento mucho. Ha sido una desconsideración por mi parte entrometerme así —dije, mortificada por mi falta de tacto.

—No pasa nada —dijo Alkor, con una sonrisa amable—. Sucedió hace mucho tiempo. Pero, como puedes suponer, cuanto menos sepa la gente sobre nosotros, mejor. A ciertos grupos desagradables les encantaría echarnos el guante para convertirnos en ratas de laboratorio.

Por la forma en que lo dijo, estaba claro que ya había tratado con algunos de esos individuos "desagradables".

—Entonces, ¿por qué has accedido finalmente a revelarte ante mí ahora?

—Algunas cosas han... cambiado. Cosas que me hacen reconsiderar mi postura ante ciertas... situaciones.

—¿Algunas cosas como lo que sea que te hace querer volver a abrir esa habitación? —pregunté.

Alkor entrecerró los ojos y le sostuve la mirada, desafiándole a que me contradijera.

—Sí —concedió—. Algunas cosas así.

—¿Qué persigues realmente? ¿Cuál es tu agenda? —le pregunté—. ¿Qué quieres?

—Quiero muchas cosas, Brianna. *Muchas* cosas —dijo Alkor, bajando los ojos hacia mi boca—. Pero eso es para otra ocasión.

Me lamí los labios en un gesto involuntario y nervioso. Sus ojos amarillos se oscurecieron, convirtiéndose en oro fundido. Se me revolvió el estómago mientras su mirada permanecía pegada a mi boca.

—Puedes confiar en mí, ¿sabes? —dije, inclinándome hacia delante—. Me salvaste la vida. También la de mi padre. Nunca te traicionaría ni te haría daño.

—Quiero confiar en ti —susurró—. Quiero...

Su voz se apagó, sustituida por un gruñido casi animal. Y entonces sus labios se apretaron contra los míos. No podía decir con seguridad quién había besado a quién, pues había estado luchando contra el impulso de lanzarme sobre él. Agradecí su lengua invasora, una bola ardiente de deseo arremolinándose en mi vientre. Mis dedos se abrieron paso entre sus cabellos, los cuernos hacían que fuera un poco incómodo juguetear con ellos. En un movimiento tan rápido que me dio vueltas la cabeza, Alkor me levantó sin esfuerzo con una mano bajo el trasero y me colocó a horcajadas sobre su regazo. Su boca se tragó mi aullido de sorpresa mientras se zambullía en ella.

Aunque no era mojigata, no tenía por costumbre saltar sobre un hombre por el que me sintiera atraída. Pero este hombre... este Khargal... deseaba que me devorara. Y Alkor parecía igual de hambriento de mí. Echándome la cabeza hacia atrás, me cubrió el cuello de besos; sus colmillos rozaban mi piel sensible, haciendo que mi estómago se estremeciera de miedo y excitación. Su mano bajó hasta mi trasero, apretándome contra su pelvis. La rigidez que me rozaba no dejaba lugar a dudas sobre su nivel de excitación.

Solo cuando sentí que se me aflojaba el corpiño me di cuenta de que Alkor había abierto los dos primeros cierres. Inclinándome más hacia atrás, siguió desabrochando los otros mientras la cálida humedad de su boca se cerraba en torno a mi pezón. Eché la cabeza hacia atrás y gemí, el placer me recorría tanto por el pecho como por el roce perversamente divino de su ingle contra la mía. El hecho de que se me hubiera subido la falda corta no empañaba en absoluto la sensación de su dura polla rozándome. Alkor, con el torso desnudo, solo llevaba unos pantalones grises ajustados a la piel, de un tejido desconocido, que también me permitían sentirlo como si estuviera completamente desnudo.

Se me cayó el corpiño y Alkor me atrajo hacia él, volviendo a capturar mis labios. La piel ardiente de su pecho desnudo contra el mío me arrancó otro gemido. Sus brazos alrededor de mi espalda me sujetaban con increíble posesividad, como si temiera que huyera o desapareciera. Ningún pensamiento podía estar más lejos de mi mente.

—Te deseo —gruñó Alkor contra mis labios, la urgencia de su voz hizo que me diera un vuelco el estómago y me palpitaran las paredes internas—. Te necesito.

—Sí —susurré, con la voz temblorosa por un deseo irracional.

Alkor volvió a gruñir y su mano se deslizó alrededor y debajo de mi culo, sus dedos separaron la fina tela de mi tanga para acariciar la costura de mi coño. Se me escapó un gemido estrangulado y me retorcí bajo sus caricias, necesitando más.

—Ya estás mojada... Tan *graciosamente* mojada para mí —dijo Alkor.

—Te necesito —dije, haciéndome eco de sus palabras anteriores, deseando sentirlo dentro de mí.

Sentí—más que ver—cómo liberaba su polla. Y entonces su cabeza empujó contra mi abertura. A pesar de lo resbaladiza que estaba mi excitación, resultaba muy ajustada. Alkor se abrió camino con una serie de empujones superficiales. Tuve que hacer acopio de toda mi fuerza de voluntad para no empalarme en su vástago; la necesidad de sentirlo dentro de mí anulaba cualquier

otro pensamiento e incluso, casi, mi sentido de la autocon-
servación.

—Eres mía —dijo Alkor, con una voz cargada de deseo, una
vez completamente enfundada—. Ahora eres toda mía.

Sus alas nos envolvieron y empezó a bombear dentro y fuera
de mí. Cada golpe me despertaba a un nuevo mundo de sensaciones. No había visto su polla, pero podía sentir las inusuales
crestas a lo largo de su longitud acariciándome justo en el
interior.

La respiración entrecortada de Alkor en mi oído y sus
sensuales gemidos avivaron aún más el fuego que me consumía
por dentro. La extraña textura de su piel me hacía cosquillas en
cada una de mis terminaciones nerviosas. Estaba dentro de mí, a
mi alrededor, llevándome a alturas pecaminosamente deliciosas
mientras yo empezaba a sentir mi clímax. Con el corazón palpitante y la piel ardiendo, me derrumbé al borde del abismo
cuando el infierno que ardía en las profundidades de mis
entrañas estalló en oleadas de éxtasis. Mi cuerpo se agarrotó y
grité su nombre. Alkor siguió bombeando furiosamente dentro y
fuera de mí, apretándome cada vez más mientras se acercaba a su
propio clímax.

—Brianna —dijo Alkor—. ¡Brianna! —repitió, esta vez
como si le doliera.

A través de una visión borrosa, que aún me hacía bajar de mi
propio subidón, lo vi tragar dolorosamente, con los colmillos al
descubierto y una mirada hambrienta en el rostro, como si
luchara por no enterrármelos en el cuello. Y entonces echó la
cabeza hacia atrás, gritando su liberación, con las alas abiertas
tras de sí. Su semilla se disparó dentro de mí y, por un momento,
me di cuenta de que no habíamos utilizado protección. Sin
embargo, por alguna razón, no podía preocuparme. Alkor, con el
cuerpo aún tembloroso por su orgasmo, me miró con tal asombro
y casi adoración que me derretí contra él.

Aun profundamente enterrado, volvió a cerrar sus alas en torno a nosotros y me besó despacio, con ternura.

—Mi mujer —susurró Alkor contra mis labios—. Me quedo contigo.

No supe qué decir a eso, pero él no parecía esperar respuesta. Durante la siguiente eternidad, nuestros corazones latiendo al unísono con el rítmico retumbar de la música en el interior del club, permanecimos abrazados, saboreando aquel momento de intimidad a flor de piel.

CAPÍTULO 5
ALKOR

No podía dejar de deleitarme con mi mujer mientras dormía plácidamente en mi cama. A pesar de haberla tomado ya cuatro veces—tres ayer por la tarde y haberla despertado para otra ronda durante la noche—seguía sintiendo hambre de ella. Mis glándulas de apareamiento se habían hinchado en el fondo de mi garganta, exigiendo liberar mi *dassa*, para el beso de apareamiento. El fluido de apareamiento la convertiría en mi compañera de vida. Lo mismo ocurría con mis colmillos, que ansiaban completar el mordisco de unión. Aunque no era necesario, aceleraría el proceso. Pero no podía hacerlo a la ligera, y menos sin su consentimiento. Las consecuencias eran demasiado graves. La falta de sexo en mi vida no explicaba esta necesidad insaciable que ella había despertado en mí. Los Khargals no eran esclavos de su libido. A menos que encontráramos pareja, nuestro impulso sexual seguía siendo mínimo.

Pero con pareja o sin ella, al revelarme a Brianna y, peor aún, al intimar con ella, había pisoteado la Directiva Primaria. Como soldado de carrera y oficial de alto rango, siempre me había enorgullecido de seguir las normas y hacer cumplir las leyes, no de infringirlas. Durante un milenio, había resistido la tentación, incluso en los últimos veinte años, desde que conocí a Brianna, aunque los últimos diez, una vez que ella alcanzó la mayoría de edad, habían resultado ser los más dolorosos.

Las pocas mujeres con las que había intimado durante esos mil años, solo una vez cada una, no tenían ni idea de mi verdadera naturaleza. También me había asegurado de no embarazarlas. Reproducirme con humanos sería una violación aún mayor de las normas. Algunos de mis hermanos lo habían hecho. Yo había desaprobado severamente sus acciones, pero abandonados y solos durante siglos, me parecía despiadado negarles la posibilidad de encontrar la felicidad que pudieran.

Por aquel entonces, no creía que una hembra humana pudiera despertar nuestros instintos de apareamiento. Pero conocer a Brianna había dado la vuelta a esa idea. Aun así, me había mantenido firme en mi observancia de las normas, agonizando cada día al pensar que mi mujer estaba envejeciendo y que pronto, su corta vida humana me la arrebataría definitivamente. El hecho de que aún tuviera veinte años había hecho que fuera una elección más fácil. Pero, ¿habría permanecido inquebrantable mi determinación a medida que ella envejecía?

Anoche había roto todas esas reglas y me dolía seguir rompiéndolas. Morder a Brianna, compartir mis fluidos de apareamiento con ella, aumentaría su esperanza de vida y haría su cuerpo más fuerte, menos vulnerable a la enfermedad, el frío, el calor y las privaciones de todo tipo. También la prepararía para recibir a mi hijo y permitir una implantación satisfactoria.

Brianna se agitó. Sus párpados se agitaron y estiró sus largas y tonificadas extremidades. La manta se deslizó, dejando al descubierto unos pezones rosados que se me hacían agua la boca. Incapaz de resistirme a su atractivo, le rodeé el izquierdo con los labios. Sobresaltada, Brianna emitió un grito de sorpresa, que se convirtió en una risita divertida. Sus dedos se entrelazaron en mi pelo mientras yo chupaba su endurecido pezón.

Me encantaba su dulce sabor y la suavidad de su piel. Aparté la manta, revelando su sexy desnudez, y dejé que mis manos recorrieran su vientre plano antes de sumergirme entre sus piernas. Se le cortó la respiración y arqueó la espalda. La respuesta de Brianna a mis caricias me volvió loco. La prueba de su excitación ya cubría mis dedos. Proseguí mi asalto manual hasta que ella se desmoronó, y solo entonces me enterré en el calor abrasador de su apretada vaina. El abrazo húmedo de sus paredes internas en torno a mi verga hizo arder mi sangre, y cada caricia enviaba chispas eléctricas por mi espina dorsal y por todas mis terminaciones nerviosas.

Mis glándulas de apareamiento se hincharon aún más. La necesidad primaria de atarla me torturaba más allá de las palabras. Sus delicadas manos, que me exploraban febrilmente, impacientes y posesivas, me ayudaron a distraerme de aquel tormento. Despertaban sensaciones distintas a todo lo que había imaginado. Brianna ya se había convertido en una adicción que no podía—no quería—abandonar. La penetré con temerario abandono, obligándome a frotar mi pelvis contra la suya cada cinco embestidas más o menos para estimular su clítoris de la forma adecuada.

Cuando un violento clímax se apoderó de ella, sus paredes internas se cerraron sobre mí y me obligaron a alcanzar mi propio orgasmo. Sujetándola con fuerza, enterré mi polla profundamente mientras mi semilla salía disparada en un flujo de felicidad. Nos besamos—una práctica poco habitual en mi pueblo, pero que yo disfrutaba enormemente—y permanecimos abrazados hasta que nuestros corazones y respiraciones se calmaron.

Con mucha reticencia, finalmente me separé de Brianna y la llevé de la mano al baño. Mientras nos duchábamos juntos, echó un buen vistazo a mis partes íntimas por primera vez. Las crestas a lo largo de su longitud la fascinaron.

—Así que eso era lo que me había estado torturando de la forma más maravillosa —susurró, agachándose delante de mí para verlo mejor.

Mis músculos abdominales se contrajeron y mi pene se sacudió en respuesta al cuidadoso roce de sus dedos sobre mis crestas. Segundos después, su boca se cerró en torno a mi polla. Brianna me trabajó con sus labios y su lengua divinos, acariciándome en contrapunto a los movimientos de su boca hasta que volví a alcanzar el clímax. Su sorprendido gemido de placer llegó hasta mí a través de la neblina lujuriosa en la que me ahogaba.

Parpadeé y la miré mientras se lamía primero los labios y luego las gotas de semen que quedaban en mi pene.

—Vaya... ¡Sabes a caramelo salado! Seguro que te la chupan a menudo.

La miré boquiabierto mientras se ponía en pie antes de soltar una carcajada.

—Bueno, eso es algo de lo que desde luego no me quejaré —dije atrayéndola hacia mis brazos.

El estridente sonido de la alarma de su teléfono nos sacó del tierno beso que habíamos empezado a intercambiarnos.

—¡Joder! Voy a llegar tarde al trabajo —exclamó Brianna. Se apresuró a darse el resto de la ducha y luego a secarse—. Por favor, dime que tienes alguna camiseta que me puedas prestar —dijo—. No puedo ir a trabajar con ese corpiño. La falda y los zapatos levantarán cejas, pero puedo salirme con la mía.

En realidad, no tenía camisas. No combinaban bien con las alas y resultarían extrañas una vez adoptara la forma de piedra. De todos modos, mi filtro de percepción me evitaba ese problema.

—Hmm, ¿fruncíría tu jefe el ceño ante una camiseta de The Darkest Hour? —pregunté.

Brianna se mordió el labio inferior durante un segundo.

—No. Estaría bien. Tiene clase, y el negro siempre queda bien. El único problema es que no llevo sujetador y en las malditas salas de juntas siempre hace frío.

—Tienes los pechos más perfectos —dije, pellizcándole un

pezón. Redondos y turgentes, del tamaño perfecto para caber en mis manos, sus pechos volvían a suplicar mi atención.

—¡Oye! —exclamó, dándome un manotazo en la mano.

Me reí entre dientes y busqué mi muñequera con filtro de percepción. La mirada de Brianna se clavó en mí mientras me la ponía. Antes de que pudiera activarla, su palma rozó mi espalda sin alas y sus dedos se detuvieron en la hendidura apenas visible bajo mi omóplato. La examinó con expresión de asombro.

—Aún no puedo creer que puedas hacer desaparecer las alas y que luego te vuelvan a crecer —susurró.

La cara de estupefacción que puso Brianna cuando me guardé las alas la noche anterior, cuando la llevé por primera vez a mi cama, aún me hace reír.

—No me "crecen" exactamente, pero sí, es muy práctico poder guardarlas. Hacen que dormir en la cama sea bastante incómodo. Pero esa cola —dije, lanzándole una mirada de disgusto—, no hay forma de deshacerse de ella.

Brianna se rio mientras me metía la cola en los pantalones y hacía que me envolviera la pierna derecha.

—Ahora vuelvo con la camiseta —dije, activando mi filtro de percepción.

Sus ojos se abrieron de par en par cuando adopté la apariencia del hombre de aspecto medio que había conocido en las catacumbas, vestido con una camiseta negra y pantalones de cuero. Mientras bajaba corriendo las escaleras, en lugar de utilizar el ascensor, volví a plantearme la conveniencia de revelar tanto a Brianna, tan rápidamente, de pisotear tan imprudentemente la Directiva Primaria.

Es mía. Es mi compañera.

En efecto, lo era. Ayer por la tarde, durante toda la noche y esta mañana de nuevo, se había entregado a mí voluntariamente. Incluso ahora, su sabor permanecía en mi lengua. Aún no había revelado las partes más importantes. Necesitaba que le contara toda la verdad. Por primera vez, me sentí agradecido por haberla rescatado hacía tantos años. Aquel encuentro la había preparado mentalmente para aceptar mi existencia.

Volví corriendo al piso de arriba y la encontré secándose el pelo. Se puso la camiseta. Como temía, sus pezones acusaron la ausencia de sujetador, lo que me dio ganas de arrancárselo y arrojarla de nuevo sobre mi cama. Resistí el impulso. No era así como pretendía empezar nuestra relación. Por muy insaciable que me hiciera sentir, Brianna necesitaba saber que mi interés por ella no era puramente sexual.

—¿Cenarías conmigo esta noche? —le pregunté, viéndola cepillarse rápidamente el pelo.

—Me encantaría... Oh —dijo, y su rostro pasó de excitado a desinflado—. Ya tenía planes para esta noche. ¿Quizá podrías venir conmigo? —dijo Brianna, con la esperanza brillando en sus ojos.

—Quizá —dije con cautela—. ¿Qué tipo de planes?

—Tengo una entrada para los Jardines de la Luz del Jardín Botánico. Mi empresa me la dio para preparar un próximo proyecto. Me habían ofrecido dos entradas, pero como no tenía pareja a la que llevar, lo rechacé. Pero si quieres venir con... Ya sabes, yo... Disfrutaría mucho de tu compañía.

Había hablado deprisa, y el ligero temblor de su voz y los ojos abiertos delataban su nerviosismo y su evidente miedo a ser rechazada.

Qué mujer más tonta.

Me había estado devanando los sesos intentando idear alguna actividad agradable para hacer con ella, como hacían los machos humanos durante el cortejo. Ella acababa de facilitarme las cosas.

—Estaría encantado de acompañarte —dije, y un extraño calor se extendió por mi pecho mientras ella me sonreía—. Pero no me importa comprar mi propio billete.

Brianna negó con la cabeza.

—Estarán agotadas para esta noche. Y a la empresa no le

importará —Recogió su abrigo y sonrió agradecida cuando la ayudé a ponérselo—. Tengo que irme. Tengo que hacer una estúpida propuesta a los peces gordos. No les gustará que llegue tarde.

—Entonces será toda una presentación —dije burlonamente, mirándole los pezones que asomaban por la camiseta.

—Me compraré un sujetador en La Senza de camino a la oficina. Hay uno cerca.

—Eso si está abierto.

Me fulminó con la mirada y me dio un golpecito juguetón en el hombro.

—¡Deja de ser tan pesimista!

Me reí entre dientes y la atraje hacia mí.

—Me lo he pasado muy bien contigo, Brianna, y estoy deseando conocerte mejor. Espero que el sentimiento sea mutuo.

Sonrió, con un bonito rubor en las mejillas.

—Me gustas mucho, Alkor. Estoy deseando pasar más tiempo contigo.

—Bien —susurré antes de besarla de nuevo.

Brianna se inclinó hacia mí y nuestras lenguas se mezclaron un momento antes de separarse.

—Tengo que irme —dijo en voz baja—. Nos vemos luego, ¿vale?

Asentí y la acompañé escaleras abajo y por la salida lateral del club. Me invadió una extraña sensación de pérdida mientras la veía alejarse a paso ligero. Con un fuerte suspiro, regresé a mi despacho y llamé a mi notario.

Había llegado el momento de poner orden en mi casa.

CAPÍTULO 6
BRIANNA

Como Alkor había predicho, la tienda de lencería había cerrado. Por supuesto que lo estaría. Nada abría antes de las diez de la mañana. El dependiente de dentro, que ya estaba allí para preparar la apertura de la tienda, se había negado a darme un respiro. La sala de juntas, helada como siempre, tuvo mis pezones en alerta durante toda la reunión. Quería creer que la brillantez de mi discurso me había hecho merecedora de tanta atención por parte de los asistentes, pero sabía que no era así.

No obstante, los socios parecían satisfechos, no solo con aquella presentación, sino con la información que habían recibido hasta entonces de Lana Dalghren sobre los progresos de The Darkest Hour. ¿Seguirían estando satisfechos si supieran que el propietario había pasado la tarde, la noche y la mañana follándome hasta dejarme sin cerebro? ¿Qué dirían si les contara que no me había bebido mi habitual mochaccino matutino porque no quería que me estropeara el persistente sabor a caramelo salado en la lengua de la mamada más increíble que jamás había hecho? ¿Cómo se escandalizarían si descubrieran que les había estado enseñando los pezones todo el día como consecuencia de mi paseo de la vergüenza?

Se me calentaba la cara cada vez que pensaba en la forma gratuita en que me había comportado. ¿Cómo pude saltar a la cama apenas diez minutos después de nuestra primera cita? Diablos, ni siquiera había sido oficialmente una cita. Tras la primera ronda en el banco de su cabina privada, me había horrorizado al darme cuenta de que la gente de las cabinas VIP podía habernos visto. Aunque Alkor me aseguró que no podían porque habíamos estado demasiado atrás, no pude evitar preguntarme si el hecho de que cerrara sus alas a nuestro alrededor mientras me follaba había sido para ocultarnos de la vista.

A pesar de todo, no me arrepentí de haber pasado la noche con Alkor. Alucinante ni siquiera empezaba a describir lo que me había hecho sentir. Pero, más que el sexo en sí, fue la ternura con la que me abrazó, me tocó y me acurrucó lo que realmente me conquistó. Me preocupaba que me considerara una chica fácil y me echara a la calle después de conseguir lo que quería, pero nada en su comportamiento indicaba que me considerara un pasatiempo. Eso me habría destrozado.

Durante años había soñado con conocer a mi salvador. Nunca habría imaginado que ocurriría así. Aunque, al crecer, había empezado a fantasear con él con algunos sueños húmedos bastante vívidos.

Mientras caminaba hacia mi coche para volver a casa, un millón de preguntas se agolpaban en mi mente. En mi locura de lujuria, no le había preguntado nada de lo que había deseado durante años. ¿Por qué había accedido a verme y revelarse ante mí ahora? Su respuesta había sido evasiva en el mejor de los casos. Algo importante yacía enterrado en aquella habitación. Algo que temía que pusiera en peligro lo que pudiera estar floreciendo entre nosotros. Pero también quería saber más sobre él y su gente. ¿De dónde procedían? ¿Por qué quedaban tan pocos? ¿Y por qué vivían dispersos, aislados unos de otros? ¿Conocía Lana su verdadera naturaleza?

De camino a casa, me desvié por la clínica médica para

comprarme una píldora del día después, y luego por la farmacia para comprar un par de cajas de preservativos. Si esta relación se convertía en algo más serio, cosa que esperaba, tendría que volver a tomar la píldora. Había sido irresponsable por mi parte pensar que estaba bien dejar que pasara lo que pasó anoche. Una voz molesta en el fondo de mi cabeza insistía en que estaba bien dejarse llevar por la corriente, pero tenía que ser una adulta responsable al respecto.

En cuanto llegué a casa, me dirigí a mi armario. Antes de que Alkor aceptara venir conmigo, había planeado ponerme unos leggings con un jersey de gran tamaño. Pero ahora necesitaba algo más favorecedor, sobre todo porque no sabía cómo acabaría la velada, aunque tenía ciertas esperanzas.

Al final opté por una falda acampanada negra de talle alto y un top de cuero negro sin mangas que se cerraba por delante con una cremallera, sin sujetador. Sin embargo, como había aprendido la lección, metí una muda adecuada—sujetador incluido— en una bolsita que dejaría en el coche, por si acaso. Metí una pizza congelada en el horno, dándome una patada por no haber aceptado una cena temprana con Alkor. Tras una ducha rápida, me vestí y me arreglé, intentando no exagerar.

Cuando me disponía a salir, sonó mi teléfono. Se me encogió el corazón al oír el característico tono de llamada de mi padre.

—Hola, Papá —contesté, intentando sonar amable.

—Hola, Brie —dijo la voz de mi padre a través del teléfono con su habitual falso entusiasmo—. ¿Cómo está mi niña?

Apenas conseguí no suspirar mientras ponía los ojos en blanco. Como si de verdad le importara.

—Me va muy bien, gracias. Los socios me acaban de dar un proyecto realmente grande, el tipo de proyecto eclesiástico con el que he soñado durante años.

—Bien, bien. Eso está muy bien, cariño —dijo Papá.

Lo que significaba que le importaba una mierda. No debería molestarme más, pero su indiferencia seguía doliendo.

—¿Algún Romeo en el horizonte? —preguntó, un cambio igual de patético que su habitual "¿algún pretendiente a la vista?"

—En realidad, he conocido a alguien —dije, sintiéndome nerviosa de repente—. Solo han pasado unos días, así que es demasiado pronto para saber qué pasará. Pero me gusta mucho.

—¡Oh! Bien. Muy bien. Una chica guapa como tú no debería estar sola.

Esperé a que hiciera algunas preguntas sobre Alkor, aunque solo fuera su nombre. *Nada.* ¿Por qué seguía esperando ese tipo de reacciones?

—¿Cómo está Merryl? —pregunté cuando el silencio se prolongó incómodo.

—¡Oh, es maravillosa! —exclamó Papá, con un entusiasmo desbordante. Eso también me dolió—. Ya ha metido media casa en las maletas. No dejo de recordarle que solo vamos a hacer un crucero de dos semanas. No necesita todas esas cosas, pero es tan preocupona —dijo con afecto—. Necesita estar preparada para cualquier eventualidad.

—Apuesto a que sí —dije educadamente, sin muchas ganas de oír hablar de la madrastra más querida.

—Nuestro viaje termina en San Martín —dijo Papá, que parecía emocionado. Se aclaró la garganta, e inmediatamente supe que ahora vendría el verdadero motivo de su llamada—. Vamos a alojarnos en casa de un amigo de Merryl durante los próximos seis meses. En realidad es una casa de vacaciones compartida. Esperamos tener construida nuestra nueva casa para entonces. El contratista y su equipo estarán listos en cuanto envíes la versión definitiva del plano. Así que... me preguntaba cómo iba eso.

Me mordí la lengua para no responder con algún comentario sarcástico y parpadeé para contener las lágrimas que me aguijoneaban los ojos. Como siempre, mi padre solo se ponía en contacto conmigo cuando quería algo o si algún trámite legal lo requería. No me llamaba por Navidad ni por Acción de Gracias.

Como hija, era *mi deber* ponerme en contacto con él. Una vez jugué a la gallina con él para ver quién aguantaba más sin llamar al otro. Al cabo de un año y medio, le concedí la victoria.

—Ya está —dije, orgullosa de que mi voz no traicionara mis crudas emociones—. Lo terminé anoche. Lo enviaré a primera hora de la mañana.

Era mentira. Lo había terminado el fin de semana pasado y en realidad pensaba que ya lo había enviado. Pero supongo que mi subconsciente lo había retenido para obligarle a llamarme.

—¡Maravilloso! Sabía que podía contar con mi niña para que me ayudara —exclamó Papá—. Le daré la buena noticia a Merryl. Estará extasiada. Escucha, cuando terminen las obras, tendrás que pedirle a tu jefe unos días libres para venir a pasar tiempo con nosotros. Como sabes, habrá una habitación de invitados con tu nombre.

—Eso es estupendo, Papá. Lo estoy deseando.

Quizá debería probar suerte como actriz. Estaba haciendo una actuación digna de un Oscar.

—Muy bien. Voy a avisar al contratista para que se prepare y tal vez empiece las obras mañana —dijo Papá, claramente ansioso por ponerse en camino.

Una parte maliciosa de mí pensó en inventar temas aleatorios para mantenerlo al teléfono más tiempo, por puro despecho. Pero eso no conseguiría otra cosa que hacernos desgraciados a los dos. Además, tenía una cita sexy con un gárg... Khargal.

—Vale, Papá. Que tengas un buen viaje. Saluda a Merryl de mi parte.

—Lo haré, cariño. Cuídate.

Colgó antes de que pudiera decir otra palabra. La distancia había ido aumentando con los años, pero al menos él seguía en Montreal. No nos veíamos a menudo, pero había existido la posibilidad de hacerlo. Ahora que él y su nueva esposa se habían trasladado definitivamente a San Martín, no volveríamos a vernos. A Papá no le importaba mucho la tecnología. Encontraría una excusa para no entrar en esos innumerables videochats gratuitos para ponerse al día con su único hijo. Yo podría desaparecer de la faz de la Tierra mañana mismo, él no lo sabría ni le importaría. Bueno, a menos que de repente necesitara mis servicios de ingeniero o arquitecto, o mis contactos para algún trabajo de construcción.

Quizá Alkor me arrastre al Inframundo o a dondequiera que esté la guarida de los Khargals.

Sacudiéndome el sombrío sentimiento en el que siempre me sumía hablar con mi padre—o incluso pensar en él—tomé el bolso y salí de casa, camino de reunirme con el Señor cachondo, alado y misterioso.

Caminamos de la mano, recorriendo el sendero del Jardín Botánico de Montreal. Como era de esperar en la noche del estreno, la gente había acudido en masa. Afortunadamente, todo el mundo se comportó de forma civilizada, sin empujones, mostrando consideración cuando alguien quería hacer fotos, o permitiéndole pasar primero.

Las diversas exhibiciones me dejaron sin aliento. En cada escena, los farolillos con formas de animales o personas presentaban encantadores retablos iluminados. No podía elegir un favorito entre el dragón chino, la familia panda o los pescadores junto al estanque. Hice un millón de fotos, pero odiaba no poder hacer algunas de Alkor. Aunque no temía que penetrara en su tecnología, quería limitar cuántas imágenes de él—o de sus disfraces—circulaban. Eso no le impidió hacerme montones de fotos.

Cuando llegamos a una de las pagodas, la multitud pareció disminuir. Por un momento, me pregunté si nos estábamos perdiendo algún tipo de acontecimiento emocionante hacia el que todos los demás habían gravitado. Pero entonces, tener a

Alkor para mí sola, en plena noche, solo rodeada por las luces de colores de las linternas no me pareció tan mal asunto.

Miró a nuestro alrededor, con una expresión extraña en el rostro.

—¿Qué? —pregunté—. ¿A quién buscas?

—A nadie —dijo—. Me estoy asegurando de que nadie nos vea.

Su aire de travesura me hizo estremecer de excitación y a la vez tensarme de preocupación. Me tomó de la mano y me atrajo hacia las sombras que había bajo un grupo de árboles detrás de la pagoda. Apretó su pecho contra mi espalda y me abrazó con fuerza.

—No te muevas y no tengas miedo —me susurró Alkor al oído.

Eso me asustó.

El aire brilló ante mis ojos. Preocupada, miré a Alkor por encima del hombro a tiempo de ver sus alas desplegadas tras él.

—¿Qué haces? —chillé en voz baja.

—Dándote una vista mejor.

Y sin más, batió las alas y despegamos. Aunque me sujetaba con fuerza, me aferré a sus brazos, deseando estar frente a él para poder rodearle el cuello con los brazos. Presa del pánico, obligándome a no gritar, cerré los ojos, solo para volver a abrirlos segundos después; la oscuridad me asustó aún más. Por suerte, el vuelo hasta el tejado de la pagoda fue muy corto.

—¡Nos va a ver la gente! —exclamé con voz susurrante.

—No, no lo harán. Tengo activado mi módulo de sigilo —dijo Alkor, sonriendo engreído—. Pero mantén tus movimientos al mínimo estricto. Normalmente solo está pensado para una persona.

—¿Quieres decir que podría estar aquí de pie, completamente desnuda, y la gente solo vería aire vacío? —pregunté, mirándole por encima del hombro.

—No. Si estuvieras desnuda ahora mismo, le estaríamos

dando un espectáculo a todo el mundo. Yo no podría resistirme a tus encantos, y el camuflaje no sería capaz de mantener esa intensidad —dijo Alkor, bajando la voz casi una octava.

Me miró fijamente, sus ojos se oscurecieron y el deseo se extendió por sus rasgos. Se me endurecieron los pezones al pensar en todo lo que podría estar haciéndome, aquí mismo, en este tejado. Me resultaba extraño encontrarme abrazada a él y excitarme, mientras su disfraz humano me miraba con una lujuria tan descarada. Incluso sabiendo que mi amante se ocultaba bajo aquella máscara, me costaría acostumbrarme a la idea de besarle cuando parecía otra persona.

—Entonces, menos mal que estoy completamente vestida —susurré.

Alkor emitió un gruñido de asentimiento y miró a un ruidoso grupo de gente que se acercaba a la pagoda por el lado izquierdo del sendero. Mi mirada se dirigió hacia ellos antes de vagar por el jardín. La vista era increíble desde aquí arriba. Casi me sentía como una diosa griega en el monte Olimpo, contemplando los grupos de ciudades humanas y a los mortales desprevenidos que las habitaban.

—¿Tienes frío? —preguntó Alkor.

Negué con la cabeza.

—No. Hace un poco de fresco, pero nada desagradable. ¿Hay alguna posibilidad de que hagamos un sobrevuelo? —pregunté, sospechando ya cuál sería su respuesta.

—No sería aconsejable —dijo Alkor en tono de disculpa—. El riesgo es demasiado grande, sobre todo con tanta gente alrededor. Pero podemos conducir fuera de la ciudad hasta una zona más rural, y te llevaré en un vuelo si lo deseas.

—¡Me encantaría! —dije, acallando la voz interior que me recordaba mi miedo a las alturas.

Sus brazos me rodearon con fuerza y me acarició la nuca con el hocico antes de darme un suave pellizco. Un escalofrío de placer me recorrió la espalda. La sensación punzante de su colmillo rozándome la piel me puso cachonda en cuestión de segundos.

—Entonces iremos este fin de semana, si lo deseas —dijo Alkor, mientras su mano recorría uno de mis pechos.

—De acuerdo —dije sin aliento, con el pulso acelerado mientras su pulgar me acariciaba el pezón.

—Deberíamos volver abajo antes de que me hagas perder el control —dijo Alkor.

—¡Oye! ¡No estoy haciendo nada! —exclamé—. ¡Eres tú quien me hace cosas a mí!

—Es culpa tuya por ser tan irresistible —dijo, impenitente—. Invocas en mi mente pensamientos muy inapropiados teniendo en cuenta el lugar en que nos encontramos. Debes aprender a comportarte.

Me quedé boquiabierta solo para que me sonriera.

—Prepárate, pequeña tentación —dijo Alkor.

Antes de que pudiera decir una palabra, volvió a salir volando. Esta vez, a pesar de la sensación de mareo que sentía en la boca del estómago, mantuve los ojos bien abiertos mientras cruzábamos la corta distancia que nos separaba de los árboles.

—*Grack* —murmuró Alkor.

—¿Qué es...? —empecé a preguntar cuando su mano me tapó la boca de repente.

Alkor interrumpió su descenso solo para volver a subir. Presionó sus labios contra mi oído y me susurró con voz urgente.

—Permanece en silencio, lo más quieta posible y lo más alineada que puedas con mi cuerpo.

La dureza de su voz delataba su tensión. Algo había ocurrido, pero no sabía qué. ¿Alguien se había apoderado de nuestro lugar de aterrizaje? No había visto a nadie entre los árboles, pero me había concentrado sobre todo en captar la última vista de pájaro del paisaje. Su mano soltó mi boca y me rodeó la cintura, dándome mayor apoyo. El corazón me latía con fuerza, con un millón de preguntas en la cabeza mientras volábamos junto a los árboles hacia una zona más oscura y menos concurrida.

Al final, Alkor pareció conformarse con un lugar junto a un estanque. Aterrizamos junto a unos arbustos altos, apenas dos metros detrás de un grupo de personas que admiraban una bandada de grullas posadas junto al estanque. Me pareció un lugar increíblemente peligroso, pero Alkor, nada más aterrizar, guardó sus alas y me llevó de la mano hacia el grupo. Una mujer del grupo se volvió para mirarnos, sin duda porque había oído nuestros pasos. Sonrió educadamente y volvió a admirar la escena.

Todavía aturdida, le seguí entumecida mientras Alkor tiraba de mí tras él por el camino hacia la salida. No sentí cuando desactivó el camuflaje. Por la tensión de su mandíbula, algo le había llamado la atención. Me corroían la curiosidad y la preocupación, pero no me atreví a hacerle preguntas. ¿Nos estaban siguiendo? Ni siquiera me atreví a mirar detrás o a nuestro alrededor, pues no quería delatar que sabíamos que nos seguían si ése era realmente el caso.

Al final, no salimos del jardín, pero Alkor nos mantuvo en medio de los mayores grupos de gente. Entonces supe sin lugar a dudas que intentaba ocultarnos entre la multitud.

—¿Quieres irte a casa? —pregunté en voz baja.

Sus ojos dorados se dirigieron hacia mí, mezclando culpa y preocupación.

—No lo has visto todo —dijo Alkor con timidez.

—No, pero he visto mucho. No me importa —dije con voz suave—. Tengo suficientes fotos para el proyecto, y podemos tomar algunas más al salir.

—¿Estás segura?

Asentí y sonreí. Alkor me devolvió la sonrisa, con un brillo de agradecimiento en los ojos. Me besó suavemente en la frente, me rodeó la cintura con un brazo y nos dirigimos hacia la salida. Cuando pasamos junto a un gigantesco conjunto de linternas samuráis, la repentina impresión de ser observada me golpeó con fuerza. El tic nervioso a lo largo de la mandíbula de Alkor me dijo que él también lo sentía. Me obligué a concentrarme en la escena, hice un par de fotos más y seguimos adelante.

La sensación de que me seguían permaneció conmigo hasta que llegamos al aparcamiento donde había dejado el coche. Mientras yo recuperaba las llaves del dependiente, Alkor miraba discretamente a nuestro alrededor. Me moría de ganas de entrar en el coche para preguntar qué demonios estaba pasando. Cuando entramos en el vehículo, parecía lívido.

Abrí la boca en cuanto cerramos las puertas.

—Todavía no —susurró Alkor, intentando mirar discretamente por los retrovisores y los espejos laterales.

Me mordí la lengua, molesta, estresada y muy asustada. Arranqué el coche y me puse en marcha. Alkor empezó a hablar de la exposición a la que acabábamos de asistir, aunque no dejaba de mirar por los retrovisores, cada vez más frustrado. Mi propia irritación por no saber qué coño estaba pasando me tenía a punto de gritar. Pasaron casi diez minutos de viaje antes de que por fin pareciera relajarse.

—Lo siento, Brianna —dijo Alkor, con aspecto desanimado—. Así no es como me había imaginado nuestra primera salida nocturna.

—¿Qué ha pasado? —pregunté, lanzándole una mirada de reojo, deseando no estar conduciendo ahora mismo.

—Creo que nos seguían miembros del Sindicato de la Rosa —dijo Alkor en tono sombrío—. Son una organización fanática, casi una secta, que está decidida a capturarnos a mi gente y a mí, a estudiarnos, a experimentar con nosotros y, por supuesto, a robarnos nuestra tecnología.

—¿El Sindicato de la Rosa? —pregunté, aún más asustada.

—Llevan siglos persiguiéndonos. Aunque antes era más fácil evitarlos, cuanto más evoluciona la tecnología humana, más difícil resulta engañarlos.

—¿Por eso nunca sales del club? —pregunté.

—Entre otras cosas.

—Pero... —No podía pensar con claridad. Demasiadas preguntas luchaban por apoderarse de mi lengua—. ¿Qué te hace pensar que son ellos? ¿Cómo saben quién... qué eres?

—No es la primera vez que me enredo con ellos. Ya habían capturado antes a dos de mis hermanos, y casi me atrapan a mí en varias ocasiones. Me han dejado solo durante unos años. No puede ser una coincidencia que aparezcan ahora.

Por primera vez, agradecí que el semáforo se pusiera en rojo al acercarme. Detuve el coche y me volví para mirarle.

—¿Por qué? —le pregunté—. ¿Por qué aparecen ahora? ¿Tiene algo que ver con lo que buscan en esa habitación? —Había hecho una conjetura, pero la forma en que se puso rígido me confirmó que había dado en el clavo. Su reticencia me molestó—. Escucha, sé que tienes cuidado con revelar tus secretos y esas mierdas, pero ahora mismo estoy algo involucrada. Creo que me debes una explicación. ¿Por qué estoy despejando esa habitación para ti? ¿Qué quieren esos tipos? ¿Qué eres realmente? Quiero decir, ¿de dónde vienes? ¿Estás seguro de que no vienes del Inframundo o de alguna otra dimensión? ¿Y de dónde viene esa tecnología de camuflaje?

El semáforo en verde no hizo más que enfurecerme aún más. Reanudé la marcha, con ganas de parar en algún sitio y aparcar el coche para seguir preguntándole. Pero hasta que no comprendiera mejor hasta qué punto eran una amenaza aquellos del Sindicato de la Rosa, quería sacar nuestros culos de la calle.

—Como ya te he dicho, soy un Khargal. Y no, no procedemos del Inframundo. Que yo sepa, no existe tal cosa —dijo Alkor con cautela.

—Entonces, ¿de dónde vienes? —insistí.

Alkor inspiró profundamente y exhaló con fuerza.

—Vengo de un planeta llamado Duras.

Me quedé boquiabierta y me volví para mirarle, incrédula.

—¡Mira el camino! —exclamó Alkor, enderezando el volante.

El coche del carril derecho me tocó el claxon. Se me cayó el estómago y volví la cabeza hacia la carretera. Con el corazón palpitante, volví a colocar el coche en el centro de mi carril y me concentré en conducir, con los nudillos blancos de tanto sujetar el volante.

Quería parar, controlarme y ordenar mis pensamientos. Pero con la entrada del túnel Ville-Marie al acecho, parar ya no era una opción. Respiré hondo unas cuantas veces y flexioné los dedos, que empezaban a dolerme de tanto apretar el volante.

—Te he oído decir que vienes de algún planeta —dije, con voz temblorosa—. ¿Es decir, que eres un alienígena?

—¿Es mucho más fantástico que la idea de que yo pudiera venir de algún tipo de infierno o submundo? —preguntó Alkor en voz baja.

No. Supongo que no. Pero los alienígenas no parecían gárgolas. Parecían hombrecillos grises, con unos ojos enormes. Como E.T. o Thor... Bueno, vale, Thor y Superman solo eran humanos guapos con poderes divinos. Pero los alienígenas no parecían gárgolas. Todo el mundo lo sabía.

—Pero... ¿Cómo han llegado hasta aquí?

—No estoy seguro de que debamos hablar de esto mientras conduces —dijo Alkor, con cuidado.

—¡DÍMELO! —grité, golpeando el volante.

Sí, me estaba volviendo loca. Y probablemente tenía razón en lo de esperar hasta que volviéramos al club, porque sabía que me soltaría otra bomba loca, o dos.

Alkor suspiró, pero obedeció.

—Nuestra nave espacial se estrelló. Mi mundo natal, Duras, estaba atrapado en una guerra interminable por los recursos de un pequeño planeta vecino. Nuestro gobierno nos había enviado en misión de exploración para encontrar otra fuente de ellos. Nuestros escáneres de largo alcance habían indicado que uno de los planetas de su sistema solar podría tener lo que necesitábamos. Pero cuando salimos del agujero de gusano que nos trajo aquí, nos alcanzó una erupción solar.

Alkor se frotó los cuernos, un gesto nervioso que ya le había visto realizar un par de veces. Debido al disfraz humano que aún mostraba su filtro de percepción, parecía estar frotándose el aire.

—¿Así que venías a saquear los recursos de la Tierra cuando te derribaron? —pregunté, elevando el tono de mi voz, imaginándome ya alguna loca invasión alienígena.

—No —dijo Alkor con una suave carcajada—. La Tierra nunca fue nuestro destino. Marte sí. Para empezar, la Directiva Primaria nos prohibía aterrizar en la Tierra. Si no hubiera sido por aquel accidente, nunca habríamos establecido contacto.

—Oh, vaya. ¿Te refieres a la Directiva Primaria como en Star Trek? —pregunté mientras tomaba la rampa de salida del centro del túnel—. ¿Como no hablar ni mostrarse a especies primitivas?

Alkor volvió a reírse.

—Yo no lo habría redactado así, pero sí, ésa es la idea general.

—Un momento —dije, de repente me asaltó una idea—. ¿Fue tu accidente lo que inició todo ese asunto de Roswell y el Área 51?

Alkor se echó a reír.

—No, desde luego que no. Aunque muchos Khargals tienen la piel gris, fue otra raza de hombres grises la que inició aquel lío.

—¿Así que los alienígenas visitan la Tierra? Quiero decir, aparte de ustedes —añadí.

Asintió con la cabeza.

—Bueno, aparte de un par de choques sin supervivientes, que yo sepa, solo tenemos constancia de que otras pocas especies alienígenas realicen sobrevuelos, pero también que observen la Directiva Primaria.

Mi mente se tambaleaba. Nunca había creído que los

humanos estuvieran solos en el universo. Siempre me pareció bastante egoísta pensar que, entre cientos de millones de estrellas, cada una con su propio conjunto de planetas, la nuestra hubiera sido la única que hubiera producido vida. Pero confirmarlo, estar sentado junto a un alienígena y, peor aún, haber tenido sexo salvaje con uno...

¡Dios mío!

Pero, pensándolo bien, Roswell no tenía sentido. Aquel incidente tuvo lugar a finales de la década de 1940. Alkor sería bastante antiguo si hubiera llegado entonces. Lancé una sutil mirada en su dirección, echándole un rápido vistazo antes de volver los ojos a la carretera.

A pesar de su disfraz, que cambiaba su rostro y el color de su piel, su cuerpo era el mismo. ¡Y qué cuerpo tenía! Firme y musculoso, era un ejemplo de modelo de fitness. El recuerdo de su piel dura contra la mía, sus brazos fuertes y abultados abrazándome mientras me tomaba con pasión desenfrenada me tenía caliente y excitada en un abrir y cerrar de ojos.

Definitivamente, no había nada antiguo en él.

—Si no te estrellaste en Roswell, ¿cuándo y dónde llegaste aquí?

Alkor se removió en el asiento, y su leve vacilación me hizo sospechar al instante.

—Hace un tiempo —respondió sin comprometerse.

—¿Qué significa eso en concreto? —insistí, confundida por qué daba tantas vueltas a algo así. ¿Qué podía ser más chocante que el hecho de que fuera extraterrestre?— Sé que han pasado al menos veinte años desde que me salvaste la vida.

—En efecto —dijo Alkor, y su voz adquirió un tono melancólico al recordar—. No eras más que una brizna de niña. Según la Directiva Primaria, no debería haber interferido, pero no podía quedarme de brazos cruzados mientras morías —Se volvió para mirarme, con una expresión de disculpa en el rostro—. Siento lo de tu madre. Ya no tenía remedio.

—No pasa nada —dije con una sonrisa rígida—. Sé que no podías haber hecho nada. Dijeron que murió en el impacto, así que al menos no sufrió.

No estaba bien. Nunca estaría bien. Incluso después de tanto tiempo, la pérdida de mi madre seguía doliendo. Era demasiado joven, estaba demasiado llena de vida para que nos la arrebataran tan brutalmente. Pero ahora no quería pensar en eso. Mamá nunca volvería.

—No creas que no me he dado cuenta de cómo has cambiado de tema —dije, llegando al aparcamiento subterráneo cercano al club.

—Cierto —dijo Alkor—. Te pido disculpas. No pretendía ser evasivo. Pero preferiría que volviéramos a casa para hablar de esto, sin que te distrajeras conduciendo y lejos de ojos y oídos indiscretos. Te lo contaré todo. Pero no aquí.

Me parece justo. De todos modos, ya estábamos en casa.

¿Acabo de pensar "casa"?

No era mi casa, sino la suya. Y después de esta charla, no sabía en qué punto quedaría nuestra relación, si es que quedaba alguna.

CAPÍTULO 7
ALKOR

B rianna estaba sentada en el sofá de tres cojines, con la mirada clavada en mí mientras yo paseaba por la habitación. No era solo la Directiva Primaria lo que me incomodaba revelarle todo. Ya la había pisoteado, pero cuanto más revelaba, más la ponía a ella y a los demás en peligro. Sin embargo, si quería que viniera conmigo, tenía que contárselo todo.

—Nos estrellamos aquí hace mucho, mucho tiempo —dije con cautela.

—¿Hace cuánto? —preguntó ella.

—Hace mil años.

Brianna se quedó boquiabierta y con los ojos desorbitados mientras me miraba, sin habla.

—Quieres decir que sus antepasados se estrellaron y por eso su número ha disminuido tanto, ¿verdad? No se han estrellado *ustedes*, ¿verdad?

—No, Brianna. *Yo* formaba parte de la tripulación original.

Me miró fijamente durante un instante y luego se levantó de un salto. Marchó hacia una de las ventanas que daban al parque situado detrás de la iglesia y se abrazó a sí misma.

—¿Cuántos años tienes? —susurró, dándome la espalda.

—Tengo 1348 años.

Se volvió lentamente para mirarme, atónita. Me encogí de hombros, con una expresión de disculpa en el rostro, aunque no sabía muy bien por qué sentía la necesidad de disculparme.

—¿Por lo menos no brillo al sol? —dije, tratando de aligerar el ambiente.

Me miró con mala cara y negó con la cabeza.

—¿Eres inmortal?

—No —dije avanzando un par de pasos hacia ella. Odiaba la distancia que nos separaba—. Los Khargals tienen una esperanza de vida media de 3000 de tus años solares.

—Que me follen... —exhaló, pasándose una mano nerviosa por el pelo.

Estuve a punto de decir "claro, ahora mismo", pero me lo pensé mejor.

—Eres demasiado mayor para mí —susurró Brianna.

Aquello me tocó la fibra sensible.

—No, no lo soy. Si comparamos nuestras vidas, yo tendría unos 45 años.

—Eso sigue siendo un poco viejo comparado con mis 28 —murmuró Brianna, aunque parecía estar aceptándolo—. En fin, continúa.

—Nuestra nave se estrelló en el golfo de Vizcaya, frente a la costa de Francia. No podíamos haber tropezado con un lugar peor; los mares eran muy agitados y los Khargals no son precisamente grandes nadadores. Somos de piedra. Dos tercios de nuestra tripulación murieron, incluidas todas las mujeres a bordo, algunos en el impacto, otros ahogados. Por desgracia, nuestra llegada no pasó desapercibida —dije, reanudando mi paseo—. Los humanos nos tomaron por demonios y, naturalmente, trataron de eliminarnos. Estaba claro que permanecer juntos llamaría demasiado la atención, así que decidimos separarnos y escondernos mientras esperábamos a que nos rescataran.

—Un rescate que nunca llegó —dijo Brianna, con aire de compasión.

—Nunca —dije, con un fuerte suspiro—. Tampoco esperábamos realmente uno. Nuestra baliza se perdió en el espacio antes de que atravesáramos la atmósfera terrestre. Sin ella, no había forma de que nuestra señal llegara a Duras. De algún modo, la baliza debió de caer a la Tierra y ser reparada.

—¿Cómo lo sabes? —preguntó Brianna. Antes de que pudiera responder, sus ojos se entrecerraron al atar cabos—. ¿Tiene que ver con esa habitación?

Asentí con la cabeza.

—Cada uno de nosotros tiene un sigilo. Es un dispositivo multifunción, uno de los cuales actúa como teletransportador.

—¿Un teletransportador del tipo "transpórtame, Scotty"? —preguntó Brianna.

No pude evitar una sonrisa.

—Sí. Tengo un vínculo psíquico con él. En cuanto la baliza se activó, envió una señal de socorro a Duras. En cuanto respondieron, el sigilo se activó y lo sentí. Un equipo de rescate está en camino, pero necesito mi sigilo para conocer el punto de encuentro y que puedan teletransportarme a la nave.

Brianna me miró en silencio, tratando visiblemente de ocultar sus pensamientos y sentimientos.

—Así que... después de mil años varado en un mundo primitivo, por fin puedes volver a casa —dijo en un tono que no consiguió ser tan desenfadado como pretendía.

—Sí —dije en voz baja.

—Qué bueno —dijo.

A pesar de la amabilidad de sus palabras, su postura rígida, las uñas clavadas en las palmas de las manos y la mandíbula apretada transmitían la ira que bullía bajo la superficie.

—Sabías que te irías pronto cuando me contrataste —dijo Brianna, y su voz adquirió un tono más duro.

—Sí. ¿Y quieres saber por qué me involucraría contigo ahora

después de haberte evitado durante años? —pregunté, aunque en realidad no era una pregunta.

—Lana podría haberlo manejado todo —dijo Brianna con amargura—. ¿Por qué revelarte y darme esperanzas de que pudiera haber algo especial entre nosotros cuando sabías que esto no iba a ninguna parte? ¿Solo querías conseguir un coño humano de última hora cuando te fueras?

Fruncí el ceño ante la crudeza de sus palabras, pero sobre todo ante el hecho de que pensara tan poco de mí. Clavé mis ojos en los suyos y acorté la distancia que nos separaba. Ella levantó la barbilla desafiante y se mantuvo firme.

—Me revelé ante ti porque la activación del sigilo lo cambió todo —Avancé un par de pasos más, invadiendo su espacio personal. Se le cortó la respiración, pero no retrocedió—. Llevo más de nueve años suspirando por ti.

Separó los labios y sus ojos se abrieron de par en par.

—La primera vez que nos vimos, no eras más que una niña que necesitaba ayuda —dije, apoyando las manos en sus caderas —. La segunda vez, eras una joven que perseguía un recuerdo. En cuanto entraste en el club, mis instintos de apareamiento se despertaron y se dispararon. En más de 1348 años de vida, nunca había ocurrido, hasta ti.

—¿Y no dijiste nada? —susurró.

—La Directiva Primaria —respondí—. Soy un soldado de carrera, Brianna. Sigo las normas. E incluso si hubiera querido romperlas, ¿a qué clase de futuro te estaría condenando? Tendrías que venir a vivir a escondidas conmigo, y también nuestra descendencia, si alguna vez la tuviéramos. ¿Tienes idea de lo mucho que me dolía y me moría de hambre por ti todas aquellas veces que llamabas a la puerta, buscando una audiencia conmigo?

Le rodeé la cintura con un brazo y la atraje hacia mí, mientras con la otra palma le acariciaba la cara. Examiné sus bellos rasgos, que tantos sueños me habían perseguido y que me habrían hecho compañía si hubiera entrado en *duramna*, el sueño profundo en forma de piedra de los Khargals.

—¿Qué... qué son los instintos de apareamiento? —preguntó Brianna, con la respiración entrecortada.

—Es una reacción física cuando nos encontramos con el ser con el que estamos destinados a pasar el resto de nuestras vidas. Me dan ganas de morderte cuando intimamos, de atarte a mí.

Su mirada bajó hasta mis labios, como si pudiera ver mis colmillos a través de la piel. Se estremeció y se le puso la piel de gallina. Le aparté el pelo de la cara y le puse la mano en la nuca.

—Pero no me has mordido.

Negué con la cabeza.

—No, porque cuando lo haga, mis glándulas de apareamiento liberarán ciertas sustancias químicas que pasarán a tu organismo a través del veneno de la mordedura, mi saliva y mi semen. No te convertirá en un Khargal, pero te transmitirá algunas de nuestras habilidades.

Sus ojos se abrieron de par en par, brillando en ellos la curiosidad, el miedo y la excitación a partes iguales.

—¿Cómo cuáles?

Sonreí y dejé que mi pulgar acariciara la suave curva de su cuello.

—Prolongará tu esperanza de vida, te hará más fuerte, más resistente a las heridas, más rápida en curarte y nos hará compatibles para que podamos tener descendencia si así lo deseamos.

—¡Vaya! Parecen muy buenas noticias.

Asentí, y mi sonrisa se ensanchó.

—Pero espera, ¿eso significa que ahora mismo no puedo quedarme embarazada de ti?

—Correcto.

—Oh. Demasiado para comprar preservativos y renovar mis píldoras —murmuró Brianna en voz baja.

—No necesitamos nada de eso —dije, inclinándome para besarla.

La suavidad de sus labios bajo los míos envió una oleada de lujuria directamente a mi entrepierna. El poder que ejercía sobre mí era aterrador. Nunca había sentido tanta hambre de nada ni de nadie. Inclinando la cabeza hacia un lado para profundizar el beso, apreté su cuerpo flexible contra el mío, deseando una mayor proximidad a mi mujer.

—No —dijo Brianna, rompiendo el beso.

La miré, confuso, mientras se zafaba de mi abrazo.

—Te vas —dijo. Con la tristeza y la pérdida grabadas en el rostro, se alejó de mí un par de pasos.

Asentí con la cabeza.

—Sí, me voy. Pero quiero que vengas conmigo.

Se llevó una mano al pecho, como para evitar que se le saliera el corazón.

—Quería que nos acercáramos un poco más en los próximos días antes de hacerte esta oferta. Pero ahora que el Sindicato de la Rosa ha forzado la situación, aquí estamos.

Hablé en tono desenfadado, pero en el fondo se me hizo un nudo doloroso en el estómago por miedo a que me rechazara. Era demasiado esperar de ella tan pronto en nuestra relación.

—Aquí estamos —repitió ella, con una expresión preocupada en el rostro—. Supongo que ir a tu mundo significa no volver a la Tierra, ¿verdad?

Sacudí la cabeza con una mirada comprensiva.

Exhaló un suspiro tembloroso y se acercó a la ventana para mirar a las parejas y turistas que paseaban por el parque.

—Es mucho que digerir —dijo con una risa forzada.

Me acerqué con cuidado a Brianna, situándome a escasos centímetros de su espalda, pero sin establecer contacto físico. Me moría de ganas de tocarla, de abrazarla, pero no quería ir más allá. Ella se inclinó hacia atrás, apoyando la espalda en mi pecho. Inmediatamente le rodeé la cintura con los brazos. Aspiré el aroma a lavanda de su pelo y besé suavemente la parte superior de su cabeza.

—No hay prisa, por ahora. Aún tienes tiempo para pensártelo.

Se dio la vuelta entre mis brazos y sus ojos recorrieron los míos, escrutadores.

—Pero tenías prisa por despejar la sala de las catacumbas —desafió.

—Sí, pero solo porque necesito averiguar dónde está el punto de encuentro y la fecha de recogida. Por lo que sé, podría estar en algún lugar de África, o de Asia, que puede requerir visados o vacunas para viajar. Solo, puedo sortear fácilmente la mayoría de estos obstáculos. Pero espero *no* viajar solo —dije, dirigiéndole una mirada significativa.

Sonrió, aunque con cierta inquietud. A Brianna le gustaba que la quisiera conmigo, pero era evidente que necesitaba tiempo para decidir qué opinaba de semejante aventura. Solo necesitaba que bajara la guardia lo suficiente como para que yo siguiera cortejándola hasta que ella también se diera cuenta de que debía estar a mi lado.

Pasamos las dos horas siguientes hablando, y ella me hizo aún más preguntas, queriendo saberlo todo sobre mi vida en la Tierra durante el último milenio, así como cualquier detalle que me sintiera cómodo dando sobre mis compañeros Khargals.

Cuando empecé a describirle el duro mundo de Duras, sus párpados empezaron a caer. Había tenido un largo día de trabajo y las emociones de esta noche la habían agotado. Ayudé a Brianna a desvestirse—aunque se quedó con la ropa interior—y la metí en la cama. Dada la fuerza de mi persistente excitación, no me atreví a tumbarme a su lado. En unos instantes, su respiración se hizo más profunda y se sumió en un sueño tranquilo.

Me permití unos minutos para contemplar su belleza antes de subir al pedestal que había trasladado a mi habitación. Encaramado en él, mirando hacia la ventana del Este para que el sol naciente acariciara mi rostro al salir, me permití entrar en *duramna*. Mi piel se endureció, convirtiéndose en piedra. No quería sumergirme demasiado en ella, como cuando entraba en hibernación, pero necesitaba regenerar parte de la energía que había gastado antes volando con Brianna por el jardín. Mi energía se había agotado demasiado rápido, prueba de que la falta de entrenamiento militar riguroso al que estaba acostumbrado me había pasado factura. Cuanto más me adentraba en *duramna*, más rápido me regeneraba o sanaba si me herían.

En los días siguientes, antes de partir hacia el punto de encuentro, dedicaría todos mis momentos libres a entrenarme para recuperar mi resistencia. Si surgía la necesidad de volar con Brianna en brazos durante largas distancias, necesitaría toda la energía posible.

E sta mañana, después de que Brianna se fuera a trabajar, mi primera orden del día había sido reforzar el sistema de seguridad del club y advertir a Lana de que estuviera atenta a cualquier persona sospechosa que merodeara por el club, sobre todo a cualquiera que llevara un anillo, un alfiler o un collar con una rosa. También me preocupaba que hubieran visto a Brianna conmigo en un ambiente claramente romántico. Temía que fueran a por ella para utilizarla en mi contra. Lana procedía de una familia demasiado influyente y estaba demasiado en el punto de mira de la opinión pública para que se jugara con ella. Cualquier ataque contra ella provocaría exactamente el tipo de escrutinio que el Sindicato de la Rosa siempre había evitado meticulosamente. Pero si Brianna desapareciera mañana, poca gente se daría cuenta. Y los que lo hicieran no tendrían la influencia necesaria para ayudarla o presionar al Sindicato.

Es una presa demasiado fácil.

Habíamos quedado en cenar esta noche en su casa. Quería cocinar para mí, lo cual me pareció entrañable. Me pregunté qué diría si le dijera que, en lugar de la tarta de nueces que pensaba preparar de postre, yo habría preferido unas piedras o yeso, por los nutrientes, esenciales en la dieta de un Khargal, que contenían.

Esperé a escabullirme del club hasta que Lana fue a recibir a los repartidores que traían los productos frescos, las carnes y las bebidas del restaurante. Ella sabía que debía dejar la puerta abierta de par en par para que yo pudiera salir en modo sigiloso. Mi filtro de percepción se había ajustado a un rostro humano diferente. Por desgracia, no podía crear una ilusión viable de una estatura más baja a menos que evitara cualquier contacto físico que rompiera la pantalla holográfica. Con mi 1,90 m, era difícil pasar desapercibido.

Siguiendo mi rutina cada vez que salía a hurtadillas del club, me dirigía a uno de los baños públicos de la ciudad subterránea, una red de centros comerciales y pasillos de conexión que te permitía cruzar la práctica totalidad del centro de Montreal sin tener que poner un pie fuera. Nunca utilizaba el mismo dos veces, y entraba en la cabina más silenciosa para volver a salir con el dispositivo de ocultación desactivado.

Me mezclé entre la multitud y me subí a un taxi que me dejó en el barrio de la casa de Brianna. No podía utilizar mi dispositivo de camuflaje para moverme sigilosamente durante períodos prolongados, ya que se agotaba mucho más rápido que mi filtro de percepción. Una vez más, envidié a los exploradores Khargals, que podían mimetizarse a voluntad con el entorno. Para mi alivio, mientras caminaba despreocupadamente hacia la casa de mi mujer, no detecté ninguna presencia sospechosa. No obstante, mantuve la cautela al entrar en el edificio y utilicé la llave de repuesto que Brianna me había dado para entrar.

El espacioso apartamento me recordó a ella. Colores tenues, apacibles, pero acogedores, con muebles elegantes, de aspecto delicado, pero hechos de material resistente. Aunque escasamente decorado, cada elemento era significativo, intrigante y contaba una historia que despertaba la curiosidad. Obligándome a centrarme en la tarea que tenía entre manos, actualicé su sistema de seguridad con cerraduras nuevas de última generación, un sistema de cámaras que ella controlaba totalmente y que cubría todos los accesos al apartamento.

Brianna llegó justo cuando estaba probando los distintos ajustes del sistema. No me dio la oportunidad de liberarla de su carga de bolsas de la compra, desechándolas en su lugar sobre la consola de la entrada. Mi mujer acortó la distancia que nos separaba y me rodeó el cuello con los brazos. Bajé la cabeza para capturar sus labios, ronroneando de placer ante su exquisito sabor.

Podría acostumbrarme a esto.

Recibir a mi compañera en casa después del trabajo, o que ella me saludara así a mi regreso, pintaba un cuadro agradable. A medida que el beso se hacía más profundo, los dedos de Brianna se abrieron paso entre mi pelo y rozaron la piel de la base de mis cuernos cortos, siete en total. Había descubierto lo sensible que era, sobre todo alrededor de los tres del centro de la parte superior de mi cabeza. Mi polla se sacudió en mis pantalones, la sangre corrió a mi ingle, poniéndola rígida. Las glándulas de apareamiento de la parte posterior de mi garganta se hincharon, exigiendo una vez más que atara a mi compañera. Tragué con fuerza, negándome a ceder a la ardiente tentación.

Apartando las manos de mi mujer de mis cuernos, la liberé de su gabardina y deslicé la mano bajo su blusa, buscando los redondeados montículos de sus pechos y los duros botones de sus pezones. Brianna se pasó la blusa por la cabeza y se deshizo de ella con un movimiento de muñeca, antes de juguetear con la cintura de mis pantalones, intentando bajármelos. No me resistí, estaba demasiado concentrado en desabrocharle el sujetador. Aquellas desgraciadas cosas se crearon para volver loco a un hombre. Cómo se las arreglaban las mujeres para ponerlos y quitarlos con tanta facilidad me dejaba perplejo.

Justo cuando lo conseguí, Brianna se arrodilló ante mí y se

metió la polla en la boca con avidez. Siseé de placer y le agarré el pelo con las manos. El calor de sus labios a mi alrededor, su lengua lamiéndome y sus dientes rozando la piel sensible de mi pene, hicieron que un charco de lava se arremolinara en la boca de mi estómago. Mis caderas se movían en contrapunto a sus movimientos mientras me hacía una garganta profunda. Me sentía culpable de que mi mujer me diera placer antes de que yo la hubiera hecho alcanzar el clímax, pero a Brianna parecía encantarle chupármela, y no es que me quejara. Se había vuelto adicta a mi sabor, caramelo salado lo llamaba. Pero no quería liberarme en su boca. Quería mi semilla dentro de ella, con sus paredes internas apretando mi polla mientras gritaba mi nombre en éxtasis.

Con un gemido profundo, me zafé de su agarre. Me miró sorprendida cuando la obligué a levantarse y la empujé contra la pared. La besé, mi lengua invadió su boca mientras mis dedos bajaban febrilmente la cremallera de su falda. Cayó al suelo con el sonido erizado de la tela.

Esta vez me tocó a mí arrodillarme y besarla por el cuello, deteniéndome para homenajear sus pechos y para que mi lengua le hiciera cosquillas en el ombligo antes de deleitarme con su núcleo ardiente. La espalda de Brianna se arqueó contra la pared mientras un grito estrangulado salía de su interior. El aroma de su excitación hizo que mi polla palpitara con la necesidad de poseerla, el sabor de su esencia era el néctar más divino en mi lengua. Según mi mujer, su textura más áspera la estimulaba de la forma más deliciosa. Por eso me propuse darle a su sensible clítoris un buen azote con la lengua mientras mis dedos se sumergían en su húmeda abertura.

Me encantaba lo receptiva que era Brianna a mis caricias. Torcí los dedos dentro de ella, rozando su punto sensible, y se derrumbó, gritando mi nombre. Le temblaban las piernas y estuvo a punto de desplomarse. Pasé los brazos por debajo de sus rodillas, la levanté contra la pared e introduje mi dolorida polla en su interior. Volvió a gritar, todavía sobre las olas de su orgasmo, mientras yo empezaba a penetrarla y sacarla.

—¡*Grack*! —maldije mientras los espasmos de sus paredes internas alrededor de mi pene intentaban forzar un clímax que yo aún no estaba dispuesto a recibir.

Se sentía demasiado bien, acariciándome la polla con cada embestida, su piel ardiente contra la mía, sus manos arañándome, su respiración agitada abanicándome el pecho.

—Tócate —le ordené sin ralentizar mi ritmo castigador.

Obediente, Brianna deslizó una mano temblorosa entre nosotros y empezó a frotarse el clítoris. Casi de inmediato se le pusieron los ojos en blanco cuando otro orgasmo descendió sobre ella, exprimiendo mi propia liberación. Me balanceé dentro y fuera de ella a un ritmo mucho más lento hasta que gasté lo último de mi semilla.

Apoyado contra ella, me di cuenta de repente de que se me habían salido las alas. Apartándome de la pared, las envolví alrededor de ella, cobijando a mi hembra. Con la cabeza de Brianna apoyada en mi hombro y mi polla aún enterrada en su interior, nos acompañé lenta y cuidadosamente hasta el baño. Con mucha reticencia, abrí las alas, saqué la polla y puse a mi mujer en pie para que pudiéramos ducharnos juntos.

Cuando terminamos, me dejó secarla. La mirada de Brianna al contemplarme contenía tanta ternura, afecto y asombro que en mi corazón floreció la esperanza de que, cuando llegara el momento de elegir, me escogería a mí.

∽

Casi me asusté al despertarme en la cama de Brianna, el entorno desconocido me desconcertó. La descarada se rio al verme desorientado. Me sentí patético por haberme asustado tan fácilmente. Como guerrero, debería estar siempre en la cima de mi juego. Pero supongo que un milenio fuera de servicio oxida los reflejos de cualquiera.

Al igual que Lana, cuando Brianna invitaba a cenar, cocinaba para todo un ejército. Aún tenía el estómago hinchado por el exceso de comida de la noche anterior. Me había preparado unos cuantos recipientes con las sobras para que las llevara a casa para comer y las compartiera con Lana. No me importó, ya que su comida había sido deliciosa. Simplemente no le dije que me había escapado a comer unas cuantas piedras durante la noche. Ya habría tiempo de explicárselo más tarde.

Con el corazón encogido, vi a mi compañera irse a trabajar. Para mi disgusto, Brianna no necesitaba estar en el club mientras los obreros limpiaban los escombros, y otras tareas la esperaban en la oficina. Qué rápido me había vuelto adicto a su presencia, al sonido sexy de su voz y a la forma cariñosa en que me tocaba constantemente, como si quisiera asegurarse de mi presencia.

Aún no podía creer lo bien que Brianna se había tomado todas mis revelaciones, una vez superado el shock inicial. Los humanos no tenían instintos de apareamiento Khargal y, sin embargo, no podía negar que sentía una fuerte atracción, casi irracional, hacia mí. Quería creer que algo más profundo que la tensión sexual la motivaba. Existía una verdadera química entre nosotros. Pero el hecho de que yo estuviera semiatrapado en mi club añadía una carga adicional a nuestros esfuerzos por consolidar una relación ya de por sí poco ortodoxa. Por mucho que me hubiera entristecido descubrir la distancia que existía entre ella y su padre, ahora me alegraba que fuera menos probable que quisiera quedarse en la Tierra por él.

Cuando la trajera a bordo de la nave de rescate, sin duda habría bastantes ceños fruncidos. Incluso podría enfrentarme a medidas disciplinarias por violar la Directiva Primaria. Pero mi amistad con Lana, que se quedaría aquí, también había sido una violación. Casi todos los Khargals supervivientes habíamos formado un vínculo especial de amistad con un humano que nos ayudaba de una forma u otra a vivir en la Tierra. Fuera cual fuera el castigo, lo aceptaría siempre que no se atrevieran a intentar arrebatarme a mi mujer. Aunque en realidad no temía que ése fuera el caso. Los Khargals respetaban el vínculo sagrado que existía entre los verdaderos compañeros.

Obligando a mis pensamientos a dedicarse a tareas más productivas, llamé a mi notario para que diera el visto bueno al borrador final de mi testamento revisado. Me confirmó que me enviaría los documentos oficiales hoy mismo. Tendría que pedirle a Lana que llamara a su amigo, el Comisario de Juramentos, para que fuera testigo cuando firmara. Tras colgar, eché una vaga mirada a los monitores que mostraban distintos ángulos de la sala que se estaba despejando, solo para hacer una doble toma. Me puse en pie de un salto, con los ojos desorbitados al ver la cara de gárgola tallada en la pared que por fin había quedado al descubierto.

Corrí a las catacumbas y llamé a Stephen, el jefe de obras, para decirle que detuviera el trabajo por hoy. Con el sigilo al alcance de la mano, quería a todo el mundo fuera para poder abrir el escondite secreto sin miradas indiscretas en las inmediaciones.

Al principio discutió, diciendo que aún quedaban algunos escombros por retirar de la habitación y que, al ritmo que iban, podrían empezar con la segunda habitación dos días antes. Mi impaciencia por verlos marchar debió de quedar patente en la brusquedad de mi respuesta. Frunciendo el ceño, Stephen asintió con rigidez y procedió a sacar a sus hombres de las catacumbas.

Apenas se hubo marchado el último hombre, me dirigí a la cara de gárgola tallada en la pared. Tras un siglo en desuso y el derrumbe provocado por la explosión, recé para que el mecanismo de apertura del escondite secreto siguiera funcionando. Liberando mis garras, utilicé sus afiladas puntas para desprender parte de la suciedad que rodeaba los interruptores ocultos. Los ojos saltones de la gárgola habrían sido demasiado evidentes. En cambio, los interruptores estaban ocultos en los ornamentos en espiral que rodeaban el rostro. Había que pulsar simultáneamente dos puntos concretos, sin nada en común visualmente, y aplicar presión durante al menos cinco segundos antes de que el mecanismo se liberara. Así se garantizaba que nadie lo descubriera por accidente. Aunque alguien intentara abrirlo, si no sabía exactamente cómo, lo más probable era que nunca lo encontrara.

Un gruñido victorioso brotó de mi garganta cuando el rechinar de piedra contra piedra resonó en la habitación vacía. La cara de la gárgola se deslizó hacia un lado, revelando una estantería abierta y empotrada tras ella. Alrededor de la cara se levantaron columnas de polvo y pequeñas piedras cayeron al suelo. Aparté el polvo con un gesto de la mano y la sostuve ante el escáner, invisible a los ojos humanos, para que identificara mis huellas digitales. Una vez más, el láser azul tardó poco más de cinco segundos en aparecer y escanear mi palma. El retraso tenía por objeto engañar a un posible intruso y darle una falsa sensación de seguridad, haciéndole activar la trampa explosiva.

En cuanto el escáner sonó, confirmando que la trampa estaba desactivada, busqué el sigilo, ignorando el par de dispositivos que había escondido aquí. Sentí un hormigueo en el cerebro debido a la conexión psíquica con el sigilo. El dispositivo, no mayor que un medallón, cabía perfectamente en la palma de mi mano. Respondió inmediatamente al contacto con mi ADN. La gran gema roja de su centro se iluminó, bañando toda la habitación con un resplandor rojo y brillante. Con un pequeño destello, apareció un holograma tridimensional de una montaña sobre el sigilo. Flotando junto a él, un texto escrito en Durasiano indicaba la hora y la fecha de recogida, el nombre de la cordillera y sus coordenadas.

Se me aceleró el corazón y se me hizo un nudo en la garganta de emoción. A pesar de mi convicción de que el sigilo se había activado realmente, hasta ese instante me había asaltado la duda de que tal vez me lo había imaginado todo. Pero ahora tenía una prueba irrefutable de que, por fin, volvíamos a casa.

Con la mano libre, giré la representación holográfica de la montaña. El punto de encuentro se había fijado en el monte Nirvana, en los Territorios del Noroeste de Canadá. Haciendo zoom, la cara de la montaña no mostraba ninguna carretera ni acceso fácil. Sería una escalada dura—imposible para un novato —o un vuelo fácil para un Khargal. Tendría que entrenarme mucho para poder cargar con Brianna durante una distancia tan larga. Por suerte, la fecha de recogida estaba fijada para el 31 de octubre. Eso aún me dejaba tres semanas para ponerme en forma y convencer a mi mujer de que debía estar conmigo.

Apagué el sigilo, me lo metí en el bolsillo y busqué mi armadura y el arma defectuosa que había guardado aquí. Apenas había levantado la mano cuando un sutil sonido hizo que mi cabeza se echara hacia atrás para mirar por encima del hombro.

¡Grack!

¿Cómo he podido dejar que un maldito humano se me echara encima? Ya iban dos veces.

—Levanta las manos donde pueda verlas, criatura —dijo el hombre, apuntándome con una pistola de dardos como nunca había visto antes.

Fingí obedecer, evaluando el alcance de la amenaza y convirtiendo mi piel en piedra. Como aún no había desactivado mi filtro de percepción, no pudo ver mi transformación ni cómo se abrían mis alas. El reto sería luchar con la piel de piedra. Nos hacía más pesados y nuestros movimientos más lentos, por lo que nos drenaba más rápidamente de energía. Si no tenía cuidado, podía agotarme hasta la extenuación y quedar indefenso ante un enemigo.

—¿Qué significa esto? —pregunté, haciéndome el tonto. Y entonces caí en la cuenta—. ¡Os conozco! Sois uno de los trabajadores. ¿Habéis venido a robarme?

—No me tomes por tonto —dijo el hombre en un tono

cortante mezclado con un sutil acento británico—. Sabes exactamente lo que soy, igual que yo sé qué clase de abominación eres tú.

Mis ojos se desviaron hacia la mano que empuñaba el arma, y se me cayó el estómago al reconocer el anillo con el símbolo de una rosa que adornaba su dedo.

Sus labios se estiraron en una sonrisa maliciosa al notar por dónde se había desviado mi mirada. Movió los dedos, haciendo alarde del anillo.

—Veo que te resulta familiar —dijo el hombre—. Bien, podemos ir directamente al grano. Tienes algo que queremos. Entrégalo y no te resistas. Hazme pasar un mal rato y esa traidora que te estás cogiendo lo pasará muy mal.

Se me heló la sangre en las venas y una neblina de ira descendió ante mis ojos. Avancé un paso amenazador hacia él.

—¡Eh! —espetó el agente del Sindicato de la Rosa—. Quédate donde estás o te lleno de drogas. Me importa una mierda si tienes una sobredosis. Ya tenemos a otro de ustedes, monstruos, para nuestros estudios. No te necesitamos vivo. Solo queremos esa cosa en tu bolsillo. Así que entrégamelo.

—¡Que *Lar* te abandone, sabandija! —siseé antes de abalanzarme sobre él.

Disparó su arma, y el dardo se estrelló contra el costado de mi ala cuando viré a la derecha para esquivarlo. Manteniéndose firme, disparó tres veces más en rápida sucesión. Aparté de un manotazo el primer dardo y a duras penas conseguí esquivar el segundo, ya que mis movimientos se vieron considerablemente ralentizados por la pesadez de la forma de piedra. Pero el tercero se clavó en mi hombro. Aunque lo arranqué de inmediato, el entumecimiento empezó a extenderse.

¿Cómo, en nombre de Lar, había atravesado el dardo mi piel de piedra?

Fuera cual fuera la sustancia que contuviera, pronto me incapacitaría por completo. Tirando la cautela al viento, cargué contra él solo para que otro dardo me diera de lleno en el pecho, mientras el agente retrocedía rápidamente para alejarse de mí. El vil contenido del dardo me recorrió de inmediato, haciendo que me flaquearan las piernas y se me revolviera el estómago.

La piel de piedra había sido un error.

Sin ella, habría sido más rápido. Aunque me hubiera disparado una segunda vez, ahora estaría tendido en el suelo con el cuello roto. Hasta ese momento, los proyectiles perforantes eran el único tipo de munición humana que me había preocupado, ya que atravesaban nuestra piel de piedra para morder nuestra carne. Pero estos dardos...

El hombre volvió a apuntar y yo llevé mi ala derecha ante mí para escudarme. Disparó, pero su pistola de dardos chasqueó vacía. Abrí el ala para despejar mi campo de visión, pero descubrí que el hombre buscaba a tientas en su bolsillo. Su rostro se vació de sangre, el propio miedo descendió sobre él cuando nuestros ojos se conectaron, y me despojé de mi piel de piedra. Me tambaleé hacia la puerta, con la visión borrosa y los miembros pesados. Sin embargo, incluso con la droga a punto de abrumarme, ambos sabíamos que no se me escaparía.

El hombre se sacó del bolsillo un pequeño dispositivo parecido a una llave de coche a distancia y pulsó un botón. Una serie de rápidos chasquidos resonaron sobre mi cabeza, no más fuertes que el estallido de unos petardos. Levanté la cabeza justo a tiempo para ver cómo una serie de grandes piedras se desplomaban sobre mí. El brutal impacto me hizo caer de rodillas.

Estaba demasiado entumecido para apartar la roca que había caído sobre mi ala.

—Si quieres lo que tengo en el bolsillo —balbuceé—, ven a buscarlo.

El hombre gruñó, dándose cuenta de que había bloqueado su propio acceso a mi bolsillo derecho con la roca que me inmovilizaba el ala contra el costado. Si era tan tonto como para acercarse, le arrancaría la cara. Y en cuanto perdiera el conocimiento, mi cuerpo entraría en *duramna*. Mis pantalones Durasianos también se convertirían en piedra, protegiendo aún más el sigilo de sus sucias manos.

—Nos traerás el medallón, o la pequeña ingeniera dejará de ser tan bonita —dijo el hombre, recuperando su actitud altanera —. Pronto recibirás tus instrucciones. No nos decepciones.

Mientras la oscuridad descendía ante mis ojos, otra serie de chasquidos provocó el derrumbamiento de más rocas y peñascos, esta vez sellándome por completo dentro de la habitación.

Un solo nombre ocupó mi último pensamiento.

Brianna.

CAPÍTULO 8
BRIANNA

M i teléfono sonó, interrumpiendo mi concentración. El número no me resultaba familiar.

—¿Hola? —contesté.

—¿Señorita Brent? —preguntó una voz masculina que no conocía.

—Al habla.

—Me llamo Charles Lumney, uno de los trabajadores de The Darkest Hour.

Se me cayó el estómago, me invadió una repentina sensación de fatalidad inminente.

—Lo siento, Señora, pero ha habido un terrible accidente —dijo el hombre con voz compungida—. Parte del pasillo se ha derrumbado. Stephen y el señor Drayvus han resultado gravemente heridos. Los socorristas están de camino. Creo que tú también deberías venir.

—¡Dios mío! —exclamé. Poniéndome en pie de un salto, tomé el bolso del cajón de mi escritorio. Con las prisas, casi lo vuelco—. ¿Es muy grave? —pregunté, corriendo hacia los ascensores.

—Es difícil de decir, Sra. Brent —dijo el hombre, que

parecía desanimado—. Ambos están atrapados bajo los escombros, y hay mucha sangre acumulada por ahí abajo.

—¡Oh, Dios! —Me sentí mareada de miedo, imaginando lo peor—. Marnie, ha habido un incidente en una de las obras. No sé cuándo volveré —grité a la recepcionista, sin esperar su respuesta mientras saltaba a un ascensor abierto junto a la recepción—. Voy para allá, Sr. Lumney —volví a decir al teléfono—. Todo irá bien.

—De acuerdo, gracias, Señora.

Las puertas del ascensor se cerraron mientras yo seguía pulsando frenéticamente el botón que conducía al aparcamiento subterráneo del edificio. Al final me detuve cuando el ascensor empezó a moverse, reprendiéndome por hacer exactamente lo que odiaba ver hacer a los demás cada vez que entraban en un ascensor. Intenté llamar a Lana, pero no había señal en el ascensor. Con el estómago hecho un nudo, no podía respirar al pensar que algo terrible podía haberle ocurrido a Alkor. Pero peor aún, ¿qué pasaría cuando le quitaran las piedras bajo las que estaba atrapado y vieran su verdadero aspecto? ¿Sabrían siquiera curar a un Khargal?

El ascensor llegó por fin a su destino. Cuando por fin se abrió la puerta, corrí hacia mi coche mientras intentaba llamar a Lana. Pero, por supuesto, la señal se estropeó, como solía ocurrir cuando estaba en el garaje subterráneo. Cuando acorté la distancia hasta mi coche, se me acercó un hombre que me resultaba familiar. No tuve tiempo de charlar, pero me llamó por mi nombre, obligándome a reducir la velocidad.

—¿Señorita Brent? —preguntó el hombre.

—Lo siento, Señor, pero tengo prisa —dije sin detenerme.

—Lo sé —dijo el hombre—. Me han enviado a buscarte para llevarte a The Darkest Hour. Soy uno de los trabajadores.

—¡Oh! —dije, deteniéndome en seco. Se me daba fatal conducir cuando estaba bajo una fuerte agitación emocional.

Ahora que lo pienso, debería haber tomado un taxi—. Sí. Sí, gracias. Sería estupendo.

—Por aquí —dijo con una sonrisa de satisfacción.

Cuando nos acercamos a su vehículo, abrió las puertas de un sedán negro con el mando a distancia. Yo no sabía nada de coches, pero el suyo parecía un poco lujoso para un obrero de la construcción que iba a la obra. Ese primer pensamiento aleatorio suscitó una avalancha de preguntas. ¿Por qué había venido a recogerme? ¿Cómo sabía dónde trabajaba si era un empleado contratado por Stephen? ¿Cómo había llegado tan rápido? ¿Por qué Lumney no me avisó de que había enviado a alguien a buscarme?

Mis pasos vacilaron y me detuve a un par de metros del coche. El hombre, que había estado abriendo la puerta del asiento del conductor, se detuvo y me miró inquisitivamente. Mi expresión debió de delatar mis repentinas sospechas. Su rostro se endureció, perdiendo todo rastro de su anterior amabilidad.

—Mete el culo en el coche, zorra, antes de que te pegue un tiro —dijo con voz amenazadora.

Di un grito ahogado y retrocedí dos pasos. Antes de que pudiera reaccionar, vi cómo el hombre apretaba el gatillo de su extraña pistola. Como a cámara lenta, un dardo voló hacia mí antes de incrustarse en mi torso. El único sonido que emití podría haber pasado por un hipo antes de que un entumecimiento nauseabundo se extendiera por mí. Con expresión molesta, el hombre rodeó el coche en dirección a mí justo cuando me desplomé en el suelo, perdida en el olvido.

~

Recuperé el conocimiento, con las muñecas y los tobillos encadenados a una silla en una sala de interrogatorios. Las luces de neón excesivamente brillantes del techo hacían que las áridas paredes de color gris pálido parecieran blancas. Parpadeé hasta que mi visión se aclaró. Dos sillas vacías en la mesa metálica frente a mí eran mis únicas compañeras. El tópico espejo de dos caras no aparecía en la habitación, pero una cámara situada en la esquina superior izquierda probablemente ocupaba su lugar.

El chasquido de la puerta al abrirse me sobresaltó. Stephen y el "albañil" que me había secuestrado entraron en la habitación. Se me apretó el pecho al ver al jefe de obra. Habíamos trabajado juntos durante años. Había llegado a considerarlo un amigo e incluso me preocupaba que estuviera herido bajo el supuesto derrumbe. ¿Qué demonios estaba pasando? Lo miré con ojos incrédulos mientras ambos hombres tomaban asiento en las sillas situadas frente a mí.

—Hola, Brianna —dijo Stephen, con un matiz de disculpa en sus ojos castaños oscuros—. Es una pena que volvamos a encontrarnos en estas circunstancias.

—¿Qué ocurre, Stephen? —pregunté, con la ira y la traición abrasándome—. ¿Por qué estoy aquí?

—Éste es Daniel, mi compañero —dijo Stephen, ignorando mis preguntas—. Siempre te he tenido el máximo respeto como ingeniera y profesional. Nuestras colaboraciones a lo largo de los años han resultado bastante fructíferas y me han proporcionado la tapadera perfecta durante mis investigaciones.

—¿Investigaciones? —pregunté, con una sensación de temor creciendo en la boca del estómago, adivinando ya hacia dónde se dirigía aquello.

—Estás especializada en edificios históricos, y has hecho todo lo posible por asegurar cada proyecto eclesiástico contratado por tu empresa. Eso me convenía perfectamente. Verás, al igual que tú, mi organización busca a las criaturas de piedra.

Mi involuntaria respiración agitada me delató. La sonrisa cómplice de Stephen me confirmó que había echado a perder la oportunidad de hacerme la tonta.

—¿Tu organización? —pregunté, intentando cambiar el curso de la conversación.

—Hace casi veinte años, nos encontramos con un interesante informe policial que mencionaba las delirantes divagaciones de una niña afligida que había perdido a su madre en un accidente de coche y apenas había sobrevivido al ahogamiento —dijo Daniel—. La pobre niña afirmaba que un gentil demonio de piedra la había rescatado a ella y a su padre del coche que se hundía. Naturalmente, las autoridades desestimaron esa afirmación, pero nosotros sabíamos que fue así.

—Te hemos estado vigilando de cerca desde entonces, por si tu "salvador" volvía a aparecer —dijo Stephen, apoyándose en el respaldo de su silla—. Has sido impresionante en tus esfuerzos por averiguar información sobre las criaturas. A menudo hemos considerado ofrecerte la oportunidad de unirte a nuestra organización, pero tienes una idea demasiado romántica de lo que son en realidad. Hasta que supiéramos si encajarías con nosotros, había decidido colaborar contigo en tus diversos proyectos.

—Te refieres a utilizarme para intentar acercarte a ellos —dije con amargura.

—Semántica —dijo Stephen encogiéndose de hombros, y su rostro adoptó una expresión aburrida—. Cuando Drayvus te dio el contrato y te pusiste en contacto con nosotros, ¡podría haberte besado! ¿Tienes idea de cuánto tiempo llevamos intentando acercarnos a él para verificar nuestras sospechas de que era de verdad y no un fanático friki del cosplay?

—¿Qué quieren de él? —pregunté, con la rabia alimentada por mis instintos protectores hacia Alkor filtrándose en mi voz —. No molesta a nadie, paga sus impuestos y cumple nuestras leyes. ¿Por qué no le dejamos en paz?

La mirada de puro desprecio que me dirigió Stephen me hizo estremecer. Éste no era el hombre al que había llegado a considerar mi amigo.

—Eres una tonta. Esperaba algo mejor de ti, la verdad. Solo

tuvo que mostrarte sus alas para que saltaras a la cama con él. ¡Con *él*! —escupió Stephen con desdén—. ¿Cómo pudiste acostarte con un monstruo?

Se me calentó la cara, pero levanté la barbilla desafiante.

—Los únicos monstruos que veo ahora mismo están sentados frente a mí, al otro lado de esta mesa. Me salvó la vida cuando no tenía motivos para hacerlo, exponiéndose en el proceso. No tenía nada que ganar con ello y nunca pidió nada a cambio. Todos estos años ha sido un ciudadano ejemplar. ¿Por qué quieren acosarle ahora?

Stephen sacudió la cabeza, decepcionado, y su pelo castaño oscuro hasta los hombros se agitó con cada movimiento.

—Jugó a largo plazo contigo. Se ganó tu lealtad, te hizo perseguirle, manteniéndose fuera de tu alcance para que siguieras intentándolo hasta que te tuvo exactamente donde quería. Hasta que estuviste madura para la cosecha.

Se me hizo un nudo en el estómago, una sensación de inquietud floreció en lo más profundo de mi ser al oírle expresar el miedo que me había perseguido desde que Alkor me reveló su verdadera naturaleza.

Stephen apoyó el tobillo sobre la rodilla, con las manos juntas delante de él.

—¿No te ha parecido extraño que por fin haya accedido a verte cuando su sigilo se ha activado?

—Necesitaba la ayuda de un ingeniero arquitecto especializado, que casualmente soy yo —dije a la defensiva—. Tampoco es una coincidencia, ya que me dediqué deliberadamente a este campo con la esperanza de que ocurriera algo así.

—Llamaron específicamente a tu empresa —intervino Daniel—, sabiendo que eras la principal experta en iglesias antiguas. No es casualidad que acabaras allí. Esto estaba planeado.

Porque soy su alma gemela. Quería que estuviera allí para darnos una última oportunidad. ¿Verdad?

Odiaba que hubieran plantado con éxito la semilla de la duda.

—De acuerdo, morderé el anzuelo —dije, intentando refrenar mi ira y mi dolor—. ¿Por qué seguir este elaborado plan para atraparme? ¿Qué tengo yo que él quiera? ¿Cuál es su objetivo?

—Quiere una secuaz ciegamente devota que le siga hasta el fin del mundo mientras prepara una invasión.

Me eché a reír, comprendiendo que acabábamos de entrar en el territorio de los sombreros de aluminio.

—Estás loco —solté.

—No lo está —dijo Daniel, con sus ojos negros como el carbón clavados en mí. Una pequeña cicatriz en la que no me había fijado, en el lado derecho de la barbilla, sobresalía de su piel pálida cuando apretó los dientes—. Los sigilos son dispositivos de búsqueda. Todos los sigilos cuya ubicación conocíamos se han activado. Las criaturas que los poseían están haciendo todo lo posible por recuperarlos. Hemos conseguido que una de ellas confiese que el dispositivo sirvió para llamar a más de su especie.

—¡Para rescatarlos! —exclamé, desconcertada—. ¡Acaba de enviar una señal de socorro! Los Khargals quieren volver a casa. ¿Tú no lo harías en su lugar? Llevan siglos varados aquí, obligados a vivir ocultos. Por supuesto que querrán volver a casa, reunirse con sus seres queridos y retomar una vida normal. ¿Por qué siempre suponemos lo peor de la gente?

Stephen volvió a sacudir la cabeza, su decepción era evidente.

—No son personas. Y por eso nunca nos acercamos a ti. Eres demasiado blanda. Esos ideales románticos tuyos podrían provocar la perdición de la raza humana. Te ha lavado completamente el cerebro. Les hemos sacado suficiente información para saber que son una amenaza para nosotros y para nuestro futuro.

—Dios mío —exhalé—. Los han torturado.

Stephen levantó la barbilla, endureciendo su mirada impenitente.

—Hacemos lo que debemos para proteger a la humanidad.

—También la Inquisición hizo lo que creyó correcto para conseguir que la gente confesara. Todos sabemos que, bajo suficiente dolor, la gente dirá cualquier cosa para que éste termine, incluso admitir crímenes que no cometieron.

—Está demasiado ida —le dijo Daniel a Stephen como si yo no estuviera allí sentada.

—En efecto —dijo Stephen con un suspiro—. Qué decepción. Un gran potencial desperdiciado —dirigió hacia mí sus ojos castaños oscuros, sin calidez ni amabilidad—. Nos dirás todo lo que sepas sobre el sigilo, su punto de encuentro y el tamaño de su flota.

Se me puso rígida la espalda y se me heló la sangre. La expresión implacable de sus ojos y el destello de locura en la mirada de Daniel mientras ambos me observaban me hicieron temer lo peor. Me hizo temer a la Inquisición.

—Podemos hacerlo por las buenas o por las malas —dijo Stephen—. De cualquier forma, sabremos todo lo que hagas.

Tragué con fuerza, con el estómago apretado por el miedo, cuando Daniel sacó una pequeña jeringuilla del bolsillo de su camisa y la colocó encima de la mesa, frente a nosotros.

—¿Qué es eso? —pregunté, incapaz de ocultar el temblor de mi voz.

—Algo que te ayudará a cooperar —dijo Stephen.

—¡No sé nada! —exclamé—. Él y yo nos acabamos de conocer. Sabes todo lo que yo sé, incluso más. Él solo me dijo que necesitaba la sala despejada para recuperar su sigilo y que eso le ayudaría a volver a casa. Te juro que eso es todo lo que sé.

—Como quieras —dijo Stephen, indicándole a Daniel con la cabeza que prosiguiera.

—¡NO! —grité mientras Daniel se ponía en pie, cogía la jeringuilla y se acercaba a mí—. ¡Stephen, no lo hagas! No sé nada más.

—Pronto lo sabremos, ¿no? —dijo encogiéndose de hombros con indiferencia.

Tiré de la correa en un esfuerzo inútil por alejarme de mi torturador. El frío y duro metal de los grilletes me rozaba la tierna piel de las muñecas. Daniel me presionó el antebrazo con la palma de la mano, cerca del codo, para atemperar mis forcejeos. Segundos después, la sensación de pellizco de la aguja hundiéndose en mi carne fue seguida rápidamente por una extraña sensación de euforia y paz.

Sentía la cabeza un poco pesada y no conseguía aferrarme a la razón de mi ira y mi miedo. Parpadeé y miré al rostro tranquilizadoramente familiar que estaba sentado frente a mí al otro lado de la mesa. ¿Por qué me miraba como si fuera un fenómeno extraño que quisiera estudiar?

—¿Cómo te encuentras, Brianna? —preguntó mi amigo Stephen.

—¡Estoy muy bien! —dije con una sonrisa—. Bueno, mayormente —enmendé—. Siento la cabeza un poco pesada, pero bien por lo demás.

—Excelente. Me alegra oírlo —dijo Stephen, devolviéndome la sonrisa.

Me gustaba cuando él sonreía. Me recordaba a mi padre en los tiempos en que éramos felices, cuando aún me quería y me llamaba su princesita.

—Necesito tu ayuda, Brianna. ¿Quieres ayudarme? —me preguntó.

—¡Sí, claro! ¿Qué puedo hacer por ti?

—Me encantaría que me contaras todo lo que puedas sobre Alkor Drayvus. Cualquier detalle, por insignificante que sea —dijo Stephen con su habitual voz amable... paternal.

Una vez me había enseñado una foto de su hija. Tenía casi la misma edad que yo y, en muchos aspectos, se parecía a mí. Recordé haber sentido unos celos feroces e irracionales.

—Como sabes, para mí es importante comprender la psicología de un cliente si voy a realizar trabajos de construcción para él.

—No estoy segura de que esta construcción vaya a llevarse a cabo —dije con una mirada comprensiva.

—¿Por qué? —preguntó Stephen.

—Porque Alkor se marcha dentro de un par de semanas. Se va muy lejos y nunca volverá. Pero quiere que vaya con él —dije con una sonrisa. Mi mente divagó, recordando la forma tan dulce en que se acurrucaba conmigo y me abrazaba como si yo fuera lo más preciado del mundo—. Dice que soy la única mujer que ha despertado sus instintos de apareamiento, ¡aunque lleva vivo más de mil trescientos años! Sabe cómo hacer que una chica se sienta especial.

Solté una risita pensando en cómo había dicho que quería morderme e intercambiar fluidos conmigo.

Stephen y Daniel intercambiaron una mirada que no entendí, pero que también me hizo soltar una risita. Luego procedieron a hacerme un millón de preguntas sobre Alkor y sobre mí. No me importó responderlas aunque, al cabo de un rato, empecé a sentirme un poco incómoda al respecto. Por alguna razón, sospechaba que a Alkor no le gustaría que revelara algunas cosas que francamente me parecían más bien privadas. Y esa maldita presión en la cabeza que estaba a punto de convertirse en migraña no me dejaba en paz.

Por fin, parecieron satisfechos y me llevaron a una habitación donde podría echarme una siesta para librarme de aquella migraña. Incluso mientras me acompañaban hasta allí, me pareció extraño que me hubieran encadenado a la silla. Pero mi cerebro se negaba a seguir calculando. Ya habría tiempo de reflexionar sobre todo eso más tarde. Por ahora, solo necesitaba dormir. En cuanto mi cabeza tocó la almohada, el mundo dejó de existir y el bendito olvido me reclamó.

CAPÍTULO 9
ALKOR

Me desperté bajo los escombros, lívido, enfadado conmigo mismo por haberme dejado "patear el trasero" como les gusta decir a los humanos, y nada menos que por un debilucho. Pero, sobre todo, estaba furioso por haber puesto a Brianna en peligro con mi negligencia. Los escombros me habían hecho poco daño. Hacía falta mucho para dañar a un Khargal. No éramos a prueba de balas, pero a menos que utilizaran proyectiles perforantes—e incluso entonces—podíamos soportar muchos impactos antes de meternos en verdaderos problemas cuando estábamos protegidos por nuestra piel de piedra.

Entonces, ¿cómo, en nombre de Lar, aquellos malditos dardos no se habían hecho añicos contra mí al impactar?

Sabía que el Sindicato de la Rosa había mantenido cautivos a algunos Khargals, algunos durante décadas. Muchos de nosotros, en distintos periodos, habíamos intentado rescatarlos solo para descubrir que los habían trasladado a un lugar nuevo y desconocido. A pesar de ello y de los experimentos que sin duda habían realizado con mis hermanos, el Sindicato de la Rosa nunca había desarrollado ninguna tecnología que representara una amenaza seria contra nosotros, hasta ahora. ¿Qué más habían creado a lo que pudiéramos ser vulnerables?

Gruñendo por el esfuerzo, empujé las rocas que me inmovilizaban contra el suelo. No tenía ni idea de cuánto tiempo había estado bajo los efectos de aquella droga. Como cada vez que me encontraba en una posición de vulnerabilidad, había entrado instintivamente en *duramna*. El sueño de piedra me había permitido regenerarme un poco y, en teoría, eliminar la droga de mi organismo más rápidamente. Una vez que conseguí mover las rocas lo suficiente como para tener un poco de margen de maniobra, me llevé unas cuantas piedras pequeñas a los labios y me las comí para obtener una explosión instantánea de energía y combustible extra.

Aunque seguía atrapado bajo montones de rocas, por fin tuve espacio suficiente para recuperar mi teléfono del bolsillo del pantalón. Mi alivio al encontrarlo intacto duró poco, ya que no tenía señal. En un exceso de rabia, estuve a punto de estrellarlo contra las rocas que me aprisionaban, pero, afortunadamente, logré refrenar mi temperamento. Necesitaba mantener la cabeza fría si quería salir de allí de una pieza y a tiempo para rescatar a mi Brianna.

Para mi gran angustia, mi teléfono indicaba que ya eran las 19:11. Llevaba fuera ocho horas. Brianna debería haber llegado ya para nuestra cita. Habría preguntado a Lana por mí y, juntas, habrían averiguado mi situación. Que no hubiera venido a buscarme a las catacumbas, después de ser incapaz de encontrarme en mis aposentos privados, confirmaba mis mayores temores.

Lana no empezaría a preocuparse por no tener noticias mías durante al menos 48 horas, sobre todo ahora que estaba liado con Brianna. Y como les había dicho a los trabajadores que no regresaran hasta que yo se lo comunicara, nadie aparecería mañana por la mañana. Necesitaba salir de esto por mi cuenta, y rápido.

Tardé un par de horas en salir de entre los escombros.

Mirando al techo, estaba claro que las cargas se habían colocado cuidadosamente para la trampa, para crear el mayor derrumbe posible sin poner en peligro la integridad del edificio. Este tipo de trabajo no podía haber pasado desapercibido para el jefe de obra. Por lo tanto, tuve que suponer que Stephen estaba en ello y probablemente un puñado de los obreros.

Subí las escaleras a toda prisa y no perdí de vista el teléfono hasta que volvió la señal. En cuanto lo hizo, me dispuse a llamar a Brianna, pero me detuve; el club estaba en pleno apogeo, la música a todo volumen lo ahogaba todo. El golpeteo de la base resonaba en todo mi pecho. Me dirigí hacia el ascensor y me di cuenta de la cantidad inusualmente grande de miradas atónitas o desconcertadas en mi dirección. Estaba acostumbrado a llamar la atención de la gente, pero aquí ocurría algo más.

—¡*Grack*! —murmuré tras echar un rápido vistazo a la muñequera que controlaba mi filtro de percepción. Tenía un color naranja que indicaba una avería.

Descartando mi plan de subir las escaleras hasta mis aposentos privados—que habría sido más rápido—me lancé al interior del ascensor para ocultarme de las miradas indiscretas. En cuanto entré en mi cámara, gemí interiormente al ver mi reflejo en el espejo. El disfraz holográfico aparecía y desaparecía, alternando entre mi forma de Khargal, con las alas desplegadas, y mi disfraz humano.

Demasiado para la Directiva Primaria.

Al menos, el estroboscopio había estado funcionando cuando crucé la sala. Con suerte, la mayoría de los clientes lo descartarían como una ilusión óptica potenciada por las luces estroboscópicas.

Al abrigo del ruido, llamé a Brianna y esperé a que sonara varias veces sin obtener respuesta. Por fin alguien descolgó.

—Mañana, a las 23.00 horas, trae el medallón al Belvedere —dijo la voz del macho que me había atacado en las catacumbas

—. No llegues tarde. Si no te presentas, averiguaremos lo bien que vuela tu mujer.

Colgó antes de que pudiera responder. ¡Qué mensajes más vagos! En Montreal, siempre que alguien decía el Belvedere, solía referirse a una de las cuatro zonas bastante concurridas de la cima del monte Royal para que lugareños y turistas disfrutaran por igual de unas vistas impresionantes de la ciudad. Por las noches, constituía una escapada romántica habitual para las parejas.

De los cuatro Belvederes, solo el de Summit Circle era fácilmente accesible, con una plaza de aparcamiento justo en el mirador. Con un preso a cuestas, parecía el más viable para ir. Aunque legalmente cerraba a las 23:00, los jóvenes juerguistas solían reunirse allí a deshoras para beber cerveza y drogarse. Pero no me cabía duda de que los ingeniosos agentes del Sindicato de la Rosa podrían idear una forma de mantenerlos fuera para mantener nuestro pequeño enfrentamiento.

Descarté el Belvedere Camilien-Houde y el Belvedere Kondiaronk, pues ambos estaban siempre demasiado concurridos y había que caminar bastante para llegar a ellos.

A pesar de los diez minutos a pie para llegar al Belvedere de Outremont, me pareció la opción más probable. No aparecía en ningún mapa de la ciudad y no había señales que llevaran a él. Las vistas no eran tan impresionantes y poca gente se dirigiría allí de noche, teniendo que recorrer un sendero algo oscuro y boscoso.

Por mucho que odiara tener que esperar casi 24 horas antes de la reunión, la cual pasaría preocupado por el bienestar de Brianna, el retraso me dio un respiro muy necesario. A pesar de nuestra mayor fuerza en comparación con los humanos, no éramos hercúleos. Comer piedras nos proporcionaba sobre todo una curación rápida y solo diminutas ráfagas de energía. Antes de enfrentarme a los fanáticos del Sindicato, necesitaba entrar en *duramna* para regenerarme por completo y curarme las magulladuras que me habían causado las rocas caídas.

Por el lado bueno, había recuperado mi armadura y mi escudo. A pesar de mi cansancio, probé ambos para asegurarme de que seguían funcionando. El sistema de camuflaje integrado en el traje me permitiría pasar desapercibido entre los agentes del Sindicato. Mucho más potente que mi dispositivo de sigilo móvil, ocultaría a Brianna con mayor eficacia una vez que la recuperara.

Sin embargo, mi escudo me dio un poco de miedo. Pero claro, necesitaba recargarse tras décadas en desuso. El accesorio de muñeca desplegaba un campo de energía que podía desviar o absorber la mayoría de tipos de proyectiles o ráfagas de energía. La idea de que aquellos dardos atravesaran mi piel de piedra aún me asustaba. A pesar de seguir siendo primitiva para los estándares Durasianos, la humanidad había avanzado mucho tecnológicamente. Pronto podrían convertirse en una amenaza real.

Había pasado los últimos mil años vigilando de cerca la tecnología humana, aprendiendo todo lo que podía no solo para poder montar mis propios sistemas de seguridad, sino también con la esperanza de mantener, reparar o recrear parte de nuestra antigua tecnología Khargal. Lástima que aún no me permitiera reparar mi arma.

Concluidas mis tareas, me instalé de nuevo en mi percha, con los pensamientos de Brianna haciéndome compañía mientras me entregaba al pacífico vacío de *la duramna* profunda.

～

Tomé un taxi y pedí que me dejaran cerca de una de las entradas del cementerio de Notre-Dame-des-Neiges. Lo ideal habría sido simplemente volar hasta aquí, pero al no saber qué clase de fuerzas enemigas me aguardaban, me pareció más seguro conservar mi energía en la medida de lo posible. Al entrar en la zona boscosa que conducía al mirador secreto, desactivé mi filtro de percepción, que me había dado una apariencia humana casual. Tras activar el camuflaje de la armadura que llevaba, invoqué mis alas y emprendí el vuelo.

Me elevé más de lo necesario para poder planear sobre el Belvedere y evaluar la situación sin que el batir de mis alas delatara mi posición. En cuanto sobrevolé el mirador, me di cuenta de mi error. El hecho de que el lugar estuviera vacío no hizo más que confirmarlo. Aunque conocía esta zona, nunca la había visitado. El mirador no tenía rampa de protección ni barandillas porque el promontorio no terminaba en un acantilado o borde con una caída pronunciada, sino más bien con una pendiente semipendiente. No podían empujarla hacia la muerte. Solo rodaría por la pendiente unos metros antes de detenerse.

¡Que Macero los maldiga!

El Belvedere del Círculo de la Cumbre estaba situado al otro lado de la montaña. Demasiado para conservar mi energía. Con un gruñido de rabia, aleteé con fuerza mientras corría hacia el único otro lugar que tenía sentido... eso esperaba. Al menos, sin mi piel de piedra, podía volar durante horas sobre distancias muy largas antes de que empezara a pasarme factura. Por suerte, había llegado cuarenta minutos antes para tener la oportunidad de adelantarme a ellos. Incluso con el vuelo de diez minutos para llegar al otro lado del Monte Real, llegué con treinta minutos de antelación al mirador.

Mi corazón se aceleró al ver a mi compañera, pero la euforia fue sustituida por la ira. Stephen, sujetándola firmemente por la parte superior del brazo, casi la arrastró hasta la barandilla situada frente a la zona de aparcamiento. Encadenada y visiblemente asustada, Brianna asintió sumisa cuando él le ordenó que no se moviera. Tres de sus hombres tomaron posiciones tras asegurar el perímetro. Dos más fueron a esconderse en la zona boscosa cercana, casi en posiciones de francotirador. Como la mayoría de los árboles habían perdido sus hojas, confiaron en el amparo de la oscuridad para evitar ser detectados. Era una estupidez, teniendo en cuenta que tenía una visión nocturna perfecta.

Las señales a lo largo de la carretera que conducía al mirador indicaban que estaba cerrado por la noche debido al rodaje de una película. Eso explicaba la ausencia de turistas rezagados o fiesteros nocturnos. Esto tenía sentido, ya que Montreal se ha hecho muy popular por rodar tanto películas de éxito como series de TV.

Deslizándome en una espiral descendente, aterricé tranquilamente cerca de los dos coches de los agentes del Sindicato de la Rosa. Saqué las garras y les rajé las ruedas traseras. Moviéndome deprisa, pero en silencio, merodeé tras uno de los dos francotiradores, agradecido por la ausencia de nieve y por el suelo seco para no dejar huellas que pudieran delatarme.

Esperé a que el primer hombre se colocara en posición, sintiendo un placer sádico al ver que no se daba cuenta de que la muerte le acechaba.

—Alex en posición —dijo el hombre en un diminuto micrófono que colgaba de su auricular Bluetooth.

—Recibido —respondió la voz de Stephen.

El sonido amortiguado apenas era audible, pero mi audición mejorada me permitió escuchar su auricular. Cuando el hombre apuntó con su arma, le atravesé la garganta con mis garras, tapándole rápidamente la boca y la nariz para impedir que sus gorgoteos llegaran al micrófono. Desactivé mi camuflaje para que pudiera mirar fijamente a su muerte a la cara. Con los ojos muy abiertos, temblando de espasmos mientras la sangre de su vida se derramaba en un fuerte flujo, me miró con horror incrédulo antes de que la luz se desvaneciera de sus ojos. Agarrándome a su chaqueta con la mano libre, lo bajé suavemente al suelo, satisfecho de haber mantenido el ruido al mínimo estricto.

Reactivando el camuflaje de mi armadura, levanté el vuelo de nuevo, planeando hasta las proximidades de la ubicación del segundo francotirador. Esperaba en silencio, pues visiblemente ya había confirmado estar en posición. Por mucho que me hubiera gustado repetir la matanza anterior, la forma en que se encontraba, apoyado contra un árbol, habría hecho demasiado difícil cortarle el cuello y mostrarle mi rostro mientras se iba de este mundo. Como llegar sano y salvo hasta Brianna sin dar la alarma seguía siendo mi máxima prioridad, contuve mi sed de sangre y me contenté con partirle el cuello.

Una vez más, bajé con cuidado a mi víctima al suelo y luego me acerqué sigilosamente al vigía. Se podría resumir como un aparcamiento con una gran acera que ofrecía una gran vista de la ciudad, sobre todo iluminada por la noche. Un grueso parapeto de piedra impedía que los visitantes cayeran al vacío. Brianna se acurrucó junto a él, con su bello rostro dibujado por el miedo mientras miraba fijamente a Stephen y a su acólito, de pie junto a ella.

Al acortar la distancia, escuché a hurtadillas su conversación.

—Patrick dice que el medallón aún no se ha movido de la iglesia —le dijo el hombre que me había atacado en las catacumbas a Stephen—. Así que, o aún no se ha ido, o ha decidido no traerlo.

¿Qué? ¿Cómo demonios lo saben?

No se me había pasado por la cabeza que hubieran desarrollado la capacidad de rastrear el sigilo. Menos mal que lo sabía, y menos mal que no lo había traído conmigo. Habrían eludido por completo mi camuflaje.

—Ese cabrón engreído —murmuró Stephen—. Si tiene razón en lo del instinto de apareamiento, seguro que vendrá a por ella.

—Pero puede que lo dijera simplemente para engatusarla y que le diera lo que quería. Por lo que sabemos, solo la estaba utilizando, en cuyo caso le importará una mierda lo que le ocurra —replicó el otro hombre.

—Sí, Daniel, existe esa posibilidad —concedió Stephen—. Pero lo dudo. Incluso si solo la está utilizando, no se esforzó tanto en seducirla solo para deshacerse de ella ahora. La necesita para algo, e intentará sacar provecho de esa inversión si es posible. Y cuando aparezca, lo eliminaremos.

Stephen consultó su reloj.

Faltaban doce minutos para las 23:00.

—¿Lo quieres muerto? —preguntó Daniel.

—No me importa especialmente, la verdad —dijo Stephen encogiéndose de hombros—. Londres aún tiene cautivo a uno de esos monstruos, y ya han averiguado prácticamente todo lo que había que averiguar de él. Solo quiero el maldito medallón. Albert tiene balas perforantes de metal —dijo, señalando con la barbilla al hombre que estaba más cerca del bosque—. Le dije que disparara el último si parecía que las cosas se iban a poner feas. Los demás tienen dardos somníferos. Si la criatura ha entrado en celo por Brianna, sería interesante ver cómo puede haber afectado eso a su anatomía y a su sistema endocrino.

—Muy bien —dijo Daniel asintiendo con la cabeza—. Carl y yo tenemos cinco dardos tranquilizantes cada uno, sin contar los francotiradores. Un disparo fue suficiente para dejarlo fuera de combate, y el segundo lo dejó inconsciente. Deberíamos estar bien.

—Excelente —dijo Stephen con una sonrisa maliciosa—. Pero aún necesitamos ese sigilo. Envía a un par de nuestros hombres al club para que exploren el acceso al piso superior. En realidad, no hombres. Envía a dos de nuestras agentes femeninas; las más sexys y despiadadas que tengamos.

—Entendido —dijo Daniel, cogiendo el teléfono.

La ira hervía en mi interior como lava a punto de estallar. ¿Cómo se atrevían a insinuar que había utilizado a Brianna? Ella había escuchado en silencio su conversación, y la expresión herida de su rostro indicaba claramente que había empezado a creer que podían tener razón.

Saben que ha despertado mis instintos de apareamiento. La han hecho hablar.

Me invadió otra oleada de furia al imaginar el millón de

horribles formas diferentes en que podrían haberla torturado. Quería abalanzarme sobre ambos y desgarrarlos miembro a miembro. Pero eso me expondría—y a Brianna—a los otros dos hombres que patrullaban la zona de aparcamiento, Albert y Carl. Tenía que acabar con ellos dos antes de volver a por Stephen y Daniel.

Saliendo de la arboleda, me dirigí directamente hacia Albert, el hombre más cercano al bosque. Acercándome sigilosamente a él, oculto aún por el camuflaje de mi armadura, lo agarré por la cintura y lancé a mi víctima por los aires, en un ligero ángulo, con toda la fuerza que pude reunir. Voló al menos diez o doce metros, dando la ilusión de que lo había atrapado como un ave de presa y lo llevaba a mi guarida. Como esperaba, los tres agentes restantes empezaron a disparar por encima de él en un esfuerzo inútil por derribarme.

Aprovechando el alboroto de pánico, cargué contra Carl, situado a unos cincuenta metros en el lado opuesto del aparcamiento, con el sonido de mis pasos tapado por los disparos. Le embestí lateralmente, con el hombro por delante. Su brazo se hizo añicos bajo la fuerza del impacto, y todo su cuerpo voló varios metros antes de estrellarse con un fuerte golpe. Medio segundo después, el cuerpo de Albert aterrizó en una maraña de miembros rotos.

Stephen gritó a los francotiradores que entraran. El rotundo silencio hizo que se me dibujara una sonrisa salvaje en los labios.

—¡Joder! —gritó Stephen, cayendo en cuenta.

Se abalanzó sobre Brianna, que se había agazapado junto a la barandilla, con las manos cubriéndole las orejas lo mejor que le permitían los grilletes. Levantó a mi mujer y le apuntó a la cabeza con la pistola.

—¡Basta ya de juegos, monstruo! —gritó Stephen—. Vas a ir a buscar ese medallón y a traerlo de vuelta inmediatamente o mataré a tu compañera. No creas que dudaré.

—Muéstrate —gritó Daniel, sujetando su arma con ambas manos, con los ojos muy abiertos mientras me buscaba en vano.

—Sí, muéstrate —repitió Stephen. Bajó el arma y apuntó a la pierna de Brianna—. Tienes tres segundos o le reventaré la rótula.

Brianna sollozó, las lágrimas rodando libremente por sus mejillas avivaron mi rabia.

—Tres... dos....

Desactivé el camuflaje, situándome a apenas cinco metros de ellos. Ambos chillaron al verme tan cerca. Daniel disparó en un acto reflejo de pánico. Yo esquivé, levantando el escudo delante de mí. Para mi inmortal alivio, desvió el dardo. Bueno... no del todo. El dardo pareció clavarse en el campo de energía durante un segundo antes de caer al suelo. Tardé un instante en darme cuenta de que aquella maldita cosa había mermado considerablemente la integridad del escudo.

Stephen también giró su arma hacia mí. Mi piel se convirtió parcialmente en piedra, y el peso añadido me frenó de inmediato. Pero Daniel volvió a disparar. Como temía mucho más a los dardos que a las balas, mantuve mi escudo frente a él, horrorizado por la alarmante velocidad a la que los dardos lo agotaban. La primera bala de Stephen me rozó la parte superior del brazo, pero la segunda se introdujo en la parte carnosa de mi pantorrilla izquierda, ya que mi piel de piedra impidió que la atravesara limpiamente. Cargué contra Daniel mientras disparaba dos dardos más.

Solo faltaba uno para que dejara de ser una amenaza.

Apenas se me pasó por la cabeza ese pensamiento, mi escudo se derrumbó. Un frío pavor me recorrió al verme expuesto por ambos lados. Los ojos de Daniel se abrieron de par en par, su boca se estiró en una sonrisa sádica, sabiendo que me tenía justo donde quería.

Brianna, a quien Stephen seguía sujetando por la parte superior del brazo, se dejó caer al suelo como una muñeca de trapo, desestabilizándolo. Por un momento pensé que había perdido el conocimiento, pero me di cuenta de que en realidad estaba creando una distracción para darme una oportunidad.

¡Mi maravillosa compañera!

Como la piel de piedra no me protegía del dardo y me ralentizaba demasiado, la solté y corrí la corta distancia que había entre Daniel y yo. En un esfuerzo por mantenerme alejada de él, Daniel retrocedió mientras se preparaba para disparar su último dardo. Se enredó en sus propios pies y cayó de culo. Mientras se esforzaba por levantarse, le di una patada en la mano que sujetaba la pistola de dardos, rompiéndole varios dedos. La pistola salió volando a lo lejos, fuera de su alcance. El grito de dolor de Daniel se convirtió en un aullido cuando lo agarré por el abrigo y lo levanté del suelo.

—¡No! —gritó Brianna.

Un dolor punzante en el costado casi me hizo doblar las rodillas. Dejé caer a Daniel al suelo agarrado a mi costilla, donde una bala se había clavado profundamente. Se echó hacia atrás, llevándose la mano herida al pecho.

Por el rabillo del ojo, vi que Stephen volvía a apuntarme. Aunque lo esquivé, apreté la mandíbula al sentir el ardor de la bala que me atravesaba el ala izquierda. Brianna, que estaba a los pies de Stephen, le dio una patada en la parte posterior de la pierna, haciéndole caer de rodillas, y luego le quitó la pistola de la mano de una patada.

—¡Puta! —gritó Stephen, dándole un golpe.

La fuerza del impacto le hizo girar la cabeza hacia un lado y la comisura de los labios se le perló de sangre. Rugí de furia y, sin prestar atención a mis heridas, corrí hacia ellos.

Presa del pánico, al ver que la muerte le acechaba, Stephen se puso en pie de un salto, levantó a Brianna del suelo y, con la fuerza de la desesperación, la arrojó por encima de la corta barandilla.

Como a cámara lenta, vi el terror en sus ojos mientras

arañaba en vano el abrigo de Stephen. Su grito resonó con fuerza en mis oídos. Ignoré a Stephen, que se apresuraba a recuperar su arma. Con el corazón palpitante, aproveché mi impulso y desplegué las alas. Desviándome de mi objetivo inicial, volé por encima de su cabeza y bajé por el borde escarpado, atrapando a Brianna mientras caía en picado hacia el suelo.

Enderezándome en un planeo de apenas un metro sobre el suelo de la montaña, activé mi camuflaje y agité las alas para recuperar altura. Stephen disparó un par de tiros, uno de los cuales se incrustó en mi muslo. Gruñí de dolor, pero seguí volando. Brianna yacía inerte en mis brazos, o bien había perdido el conocimiento por el miedo, o bien había entrado en estado de shock. Cada batir de mis alas enviaba una nueva oleada de agonía a mi costado. Recibir aquella ráfaga punzante sin piel de piedra había estado a punto de ser fatal.

Aún podría serlo.

Agradecí en silencio al Sindicato de la Rosa que hubiera elegido el Belvedere como punto de encuentro. Era un vuelo corto hasta el centro de Montreal, aunque me pareció una eternidad insoportable. Sentía las alas pesadas y los músculos de los brazos me ardían al intentar aferrarme a Brianna, a pesar de su poco peso. Casi diez minutos después de saltar por encima de la barandilla del mirador, medio aterricé, medio me desplomé sobre el tejado de The Darkest Hour. Entrar en mi habitación por una de las muchas entradas secretas que había construido me pareció un esfuerzo hercúleo.

Acosté a Brianna en la cama y le dije que permaneciera quieta. Cayendo de rodillas, me quedé quieto un momento para recuperar la orientación mientras luchaba contra el impulso de sumergirme en el apacible descanso de la *duramna*. Volviendo a la acción, comprobé rápidamente si Brianna se había hecho daño más allá de la ligera hinchazón de la mejilla donde Stephen le había dado un golpe. Aunque había recuperado el conocimiento a mitad del vuelo, seguía temblando como una hoja.

Satisfecho de que estuviera ilesa, ignoré mis heridas y le acerqué un vaso de agua. Me senté al borde de la cama y la atraje hacia mí. Ella no se resistió y aceptó la bebida fría con manos temblorosas. La engulló, sin apenas tomarse un segundo para respirar. Una vez hubo terminado, se la quité de la mano y la dejé sobre la mesilla de noche, a mi lado.

Cerré mis alas en torno a ella y le susurré palabras tranquilizadoras al oído hasta que se calmó y su temblor remitió. La sensación de tenerla entre mis brazos, a salvo, tuvo el efecto más apaciguador en mí. Brianna estaba hecha para mí.

—Siento mucho que te hayas metido en este lío —dije, con la voz cargada de remordimiento—. Esto nunca debería haber ocurrido. Debería haberte protegido mejor.

—No podías haber hecho nada —dijo Brianna con voz temblorosa—. Me engañaron mientras estaba en el trabajo.

Procedió a contarme lo que había ocurrido y me explicó avergonzada el interrogatorio al que la habían sometido.

—No es culpa tuya, mi Brianna —le dije suavemente, acariciándole el pelo—. Utilizaron en ti una especie de suero de la verdad. Muy pocas personas habrían podido resistir su compulsión. Me siento aliviado de que lo utilizaran en lugar de cualquier forma de tortura real. Nunca me habría perdonado que te hubieran hecho daño.

—¿Pero qué hay de ti? —preguntó Brianna, inclinándose hacia atrás para mirarme la cara y el pecho—. Te dispararon. ¿Estás bien?

—Estaré bien en cuanto entre en *duramna* —le dije sonriéndole tranquilizadoramente.

—¡Dios mío! ¡*Estás* herido! —exclamó saltando de mi regazo y forzando mis alas—. ¿Por qué no lo has dicho antes en vez de dejarme balbucear así? ¿Dónde? —preguntó, manoseándome en busca de las heridas—. ¿Dónde te han golpeado?

Primero me vio el leve corte del brazo y luego se fijó en la sangre que se me secaba en el costado.

—¡Levanta el brazo! ¿Dónde está tu botiquín? —exigió con una voz que no admitía discusión.

—No podrás ayudarme con ésta —le dije con suavidad—. Es demasiado profunda. Unas horas en *duramna* expulsarán la bala. Pero podrías ayudarme con las otras tres balas que tengo clavadas. Una está en la pantorrilla, la otra en el ala y la última en el muslo. Mis heridas no deberían requerir ninguna atención médica propiamente dicha. Solo necesitaré descansar.

—¿Cuatro balas? —exclamó, con los ojos muy abiertos.

No pude evitar que su expresión me arrancara una sonrisa. No podía decidir si estaba indignada por habérselo ocultado durante tanto tiempo, horrorizada por haberme herido de ese modo o compadecida por el dolor que debía de estar sintiendo.

Mi mujer era adorable.

—No es nada grave —dije, poniéndome en pie y quitándome las botas y los pantalones. Volví a sentarme, me tragué una mueca de dolor en el costado y levanté la pierna que tenía encima de la cama para dejar al descubierto la pantorrilla izquierda—. Verás, cuando empezaron a disparar, convertí mi piel en piedra. La mayoría de los proyectiles no pueden atravesarla, y mi armadura proporciona una protección adicional. Está diseñada para ralentizar cualquier objeto punzante que intente penetrar en mi piel, y repartir el impacto de cualquier golpe para reducir las posibilidades de fracturas.

Extendiendo las garras, alcancé la bala, solo semienterrada en mi carne, y la extraje con cuidado de la pierna. Brianna me miró fascinada, sus ojos pasaban de la bala que tenía en la mano al pequeño agujero de la pierna, que goteaba sangre que se coagulaba rápidamente.

—Pero necesitaré tu ayuda con las otras dos —dije, levantándome para tomar unos alicates de punta de aguja de mi mesa de trabajo.

—¿No te duele al caminar? —preguntó Brianna, desconcertada, mientras me seguía hasta la mesa de trabajo.

Negué con la cabeza.

—No —respondí con sinceridad—. Me duele la pierna lo suficiente como para saber que me la he lesionado, pero no tanto como para incapacitarme o hacerme cojear.

Reprimí otra sonrisa ante el descarado esfuerzo de Brianna por ignorar mi polla expuesta colgando entre mis piernas. Como nunca llevaba ropa interior, tenía que ser todo un espectáculo, desnudo salvo por la camiseta de la armadura.

—Aquí tienes —dije entregándole las tenazas.

Me las tomó de la mano y me siguió hasta la cama. Me senté al borde de la cama y me tumbé de lado para dejar al descubierto la herida de bala de la parte posterior del muslo.

—¿Lo ves? —le pregunté.

—Sí —susurró, con una tensión claramente audible en su voz.

—No te preocupes, Brianna —le dije con voz suave y tranquilizadora—. Apenas duele. Solo tienes que tirar. Lo haría yo misma, pero está un poco fuera de mi alcance.

Técnicamente, podía adoptar simplemente la forma de piedra. Durante la regeneración, expulsaría de forma natural cualquier sustancia u objeto extraño de mi cuerpo, lo que podría llevar algún tiempo. Sin embargo, hacerlo así retrasaría el proceso de curación, que no empezaría hasta que la bala estuviera fuera, algo que no podíamos permitirnos ahora mismo.

—Vale —dijo Brianna en voz baja—. Dime si te hago daño, ¿está bien?

—Te lo prometo —dije, sabiendo que no lo haría y sin apenas sentir culpa por el engaño.

Mi hembra intentó agarrar bien la bala, y las pinzas se le resbalaron un par de veces. Murmuró una maldición en voz baja y yo reprimí otra sonrisa. Tras unos cuantos intentos fallidos más, Brianna casi consiguió sacarla antes de volver a perder el agarre.

—¡Hija de puta! —espetó.

Esta vez no pude evitar reírme. Pero el dolor punzante de la bala en el costado me lo impidió rápidamente.

—Lo siento —murmuró.

—No pasa nada, mi Brianna —dije sonriendo—. Estas cosas son difíciles. Lo conseguirás. No hay prisa.

—Sabes, Alkor, tú eres el herido —dijo, sonando ligeramente molesta—. Debería ser yo quien te tranquilizara diciéndote que todo irá bien. Soy la enfermera más patética del universo. Te mereces algo mucho mejor por salvarme.

Fruncí el ceño ante sus palabras.

—Nada puede ser mejor para mí que tú. No eres patética —dije mirándola por encima del hombro—. Eres fuerte y valiente. Lo que hiciste allí fue extremadamente valiente. Probablemente nos salvaste la vida a los dos al desarmar a Stephen. No seas tan crítica contigo misma ni subestimes lo increíble que eres.

La mirada que me dirigió, llena de afecto y gratitud, me derritió por dentro.

—No iba a dejar que te matara —dijo con una voz en la que la ira, la fuerza y la determinación se mezclaban a partes iguales —. No te encontré solo para perderte así. Y tú no esperaste todo este tiempo para volver a casa solo para que un puñado de fanáticos e intolerantes te lo impidieran. No ganarán.

Al parecer, galvanizada por sus propias palabras, sujetó la bala con las tenazas y la arrancó de un tirón. Tragué un siseo ante la sensación de ardor, seguida rápidamente de alivio cuando la herida empezó a cerrarse de inmediato. Tardaría muchas horas en curarse por completo, pero el sueño de piedra reduciría ese tiempo a la mitad.

—Bien hecho —dije—. Solo queda una.

Volví a incorporarme, extendí el ala herida y Brianna se apresuró a extraer la bala que tenía incrustada. Cuando terminó, volví a subirla a mi regazo.

Sonrió, me rodeó el cuello con los brazos y frotó su nariz contra la mía. Sus palabras sonaron en bucle en mi cabeza.

—*No acabo de encontrarte para perderte así.*

¿Significaba eso que Brianna se estaba planteando seriamente venir conmigo, puesto que también había reconocido que no había esperado tanto tiempo para volver a casa para que esos planes se frustraran? Me ardía la lengua por la necesidad de pedirle confirmación, pero no quería presionarla indebidamente.

—¿Estás seguro de que no quieres que intente extraerte la bala del costado? —preguntó.

Asentí con la cabeza.

—Sí, estoy seguro. Podría introducirse más si nos metemos con ella.

Frunció el ceño y asintió lentamente, con una expresión de preocupación en el rostro.

—Entonces, ¿vas a entrar en ese sueño de piedra para curarte? —preguntó.

—Sí, dentro de unos minutos. Pero antes tengo que avisar a Lana de lo que ha ocurrido y de que ambos estamos a salvo.

Brianna volvió a asentir con el rostro serio. Sin poder resistirme, me incliné hacia ella y le besé suavemente los labios. Ella sonrió, sus rasgos se suavizaron con una expresión tierna.

Que Lar me ayude, me está robando el corazón.

—Quiero que te quedes aquí esta noche —dije, y luego me aclaré la garganta, avergonzado de que mi voz traicionara tan descaradamente el alcance de las emociones que ella despertaba en mí—. De hecho, ¿hay alguna posibilidad de que llames para decir que estás enferma los próximos días, o de que pidas algo de tiempo libre?

Solo quería decirle a Brianna que dejara el trabajo. Sin embargo, había puesto su vida patas arriba en los últimos días y, por tanto, debía andarme con cuidado. Con suerte, conseguiría que llegara a esa misma conclusión por sí misma.

Brianna se mordió el labio inferior, reflexionando.

—El tiempo libre no es una opción, pero podría llamar

mañana por la mañana y decir que tengo gripe estomacal. Eso me daría un par de días y luego llegaría el fin de semana.

Cuatro días. Mejor que nada, pero ni de lejos suficiente. Le pediría a Lana que consiguiera que uno de sus amigos médicos le diera una excusa para una baja más larga.

—Muy bien —dije—. Empecemos por ahí. Pero, ¿comprendes que mientras yo esté aquí en la Tierra, no estarás a salvo?

Con los ojos fijos en los míos, Brianna tragó saliva y asintió.

—Ahora que saben con certeza lo importante que eres para mí, lo intentarán todo para atraparte de nuevo. Y... —dudé en continuar.

—¿Y? —preguntó ella, con una expresión que indicaba claramente que no me dejaría escapar.

—Y puede que sigan yendo a por ti una vez me haya ido, aunque solo sea por despecho.

Brianna exhaló con fuerza, sintiendo un escalofrío.

—Me dije a mí mismo que no volvería a presionarte tan pronto, pero espero que consideres seriamente la posibilidad de venir conmigo —dije en tono cuidadoso—. Primero porque realmente te quiero a mi lado. Los últimos días, sin este lío, han sido mágicos. Y segundo, porque nunca tendré un momento de paz, preocupándome por lo que pueda estar pasándote. Es un gran salto, y siento mucho haberte metido en esto, pero....

Brianna me tapó la boca con la mano, interrumpiéndome, y luego trazó suavemente la forma de mis labios con los dedos.

—Esta noche, de pie junto a esa cornisa, pensé que esta vez la muerte me atraparía de verdad —dijo Brianna, ahuecando mi cara entre sus manos—. En las últimas 24 horas, esos hombres se han desvivido por intentar convencerme de que me habías estado utilizando. De que yo no te importaba realmente, solo los beneficios que podías obtener de mí, ya fuera una mera gratificación sexual o utilizarme como herramienta para lograr tu objetivo. Pero no me necesitas para eso.

Brianna se movió sobre mi regazo, sus dedos recorrieron mis huesos faciales, dibujándolos uno a uno.

—Docenas de mujeres allá abajo darían su teta izquierda por tener la oportunidad de acostarse contigo —dijo con nostalgia—. Incluso con los ojos vendados y grilletes para que no pudieran ver tu verdadero yo, lo aceptarían. Así que, en el terreno sexual, estás cubierto. Y en lo que respecta a ayudar a tus amigos, Lana también te tiene cubierto. No tenías que venir a por mí. Pero lo hiciste. Podrías haber muerto esta noche, pero te arriesgaste por mí. Me has salvado la vida dos veces. Nadie me ha hecho sentir más valorada y digna que tú.

—Porque eres digna —dije con toda la sinceridad que sentía —. Eres más que digna.

—¿Ves? Otra vez lo mismo —dijo con los ojos empañados —. Me haces feliz. Solo llevamos juntos unos días, pero ya te has convertido en una droga para mí. No quiero estar sin ti. Como he dicho, acabo de encontrarte y no tengo intención de perderte. Pensar en tu mundo me aterroriza, pero merece la pena correr ese riesgo.

El corazón casi se me estalla en el pecho. Apretando mi abrazo contra ella, aplasté sus labios con un beso que no ocultaba nada de la profundidad del sentimiento que no cesaba de florecer en mi interior por ella, por mi compañera, mi *Hondassa*.

Mis manos la recorrieron hambrientas hasta que un dolor agudo en el costado templó mi ardor. Aunque claramente reacia, Brianna me detuvo.

—Estás herido y necesitas curarte. Llama a Lana y luego vete a dormir. Puede que tus heridas ya no sangren, pero siguen abiertas. Eso me asusta. Me gustaría que me dejaras desinfectarlas o algo así —dijo Brianna, mirándome la pantorrilla herida.

Gemí de frustración, pero reconocí la sabiduría de sus palabras. Tomé el teléfono y llamé a Lana, que contestó al primer timbrazo. Al darme cuenta de que debía de estar pegada literalmente junto al aparato, esperando noticias mías, me sentí culpable por haber tardado tanto en decirle que todo estaba bien. Después de ponerla al día, prometió traer comida y ropa limpia para Brianna por la mañana.

Volví a ponerme los pantalones normales Durasianos y me quedé despierto hasta que Lana trajo la comida. Me examinó de pies a cabeza, con una mirada preocupada en los ojos, antes de abrazarme y luego hacer lo mismo con Brianna. Se me oprimió el pecho al pensar en separarme de Lana. Siempre sería una madre y una hermana mayor para mí. Le enseñé a Brianna cómo funcionaba el sistema de entretenimiento y, con un último beso, subí a mi percha y entré en *duramna*.

CAPÍTULO 10
BRIANNA

Amanecí tumbada en la cama de Alkor, completamente sola. Mis ojos se desviaron hacia su percha, donde permanecía en forma de piedra. Saltando de la cama, me acerqué a su estatua y luché contra el impulso de tocarlo. Desde que nos habíamos involucrado, me había confesado que había sentido mi contacto aquella primera vez y que casi le había vuelto loco de lujuria. El lado juguetón de mí deseaba totalmente burlarse, agarrar y acariciar. El mero hecho de pensarlo me ponía cachonda y me hacía palpitar en todos los lugares adecuados. Ya no veía señales de las heridas de bala en su cuerpo. La del costado se había cerrado. Mirando alrededor de su percha, por fin localicé la bala que había salido despedida durante la noche. Por mucho que quisiera preguntarle cómo se sentía, no le molesté, sabiendo que aún necesitaba descansar, o ya habría salido de su sueño de piedra.

Aun así, me fascinó cómo sus pantalones habían adquirido una textura pétrea similar a la de su piel. Si no lo supieras, nunca adivinarías que eran ropas, solo pensarías que eran detalles de la estatua. Con un suspiro, tomé el teléfono y llamé a mi oficina. Preguntaron por la emergencia que me había hecho quedarme sin ropa dos días antes. Les aseguré que ya estaba todo bajo control. Uno de los trabajadores había metido la pata, pero pudimos arreglarlo. Entonces les informé que tenía diarrea y que vomitaría hasta las tripas en el futuro inmediato. Por suerte, no era de las que se ponían enfermas a menudo. No cuestionaron el momento tan oportuno, que me daba un fin de semana de cuatro días, y se limitaron a desearme una pronta recuperación.

Rebusqué en el armario de Alkor, donde había dejado un par de camisetas y una falda. Coloqué mi atuendo sobre la cama y luego me metí en la ducha. Me vestí, decidiendo ir en plan comando, y lavé a mano la ropa interior, que colgué para que se secara en el baño. Al mirarme en el espejo, me encogí al ver el moratón hinchado en la mejilla, donde Stephen me había dado un golpe. Menos mal que al final no iba a trabajar; habría sido difícil de explicar.

Como Alkor seguía regenerándose, entré en el ascensor y bajé a la planta principal mientras el restaurante aún estaba cerrado. Un par de camareros ya estaban ocupados preparando el servicio de comidas. Me saludaron con la cabeza antes de reanudar su trabajo. No me mezclé con el personal, aunque no me hubiera importado. Siempre mantenían una distancia cortés. Sospechaba que la directiva había venido de Lana, que había investigado a fondo a cada empleado del club antes de contratarlos. Una parte de mí se sintió aliviada. Al igual que el resto de los clientes, el personal no se acercaba a Alkor. Sabiendo que yo era su novia, seguro que se morían de ganas de darme el tercer grado sobre su jefe para conocer todos los detalles jugosos.

Me dirigí a la cocina y me preparé rápidamente un bocadillo de jamón y queso, con una guarnición de yogur natural con miel, y también tomé una enorme pera asiática. Si iba a pasarme los próximos cuatro días encerrada en su apartamento, tendría que rogarle a Lana que pidiera algunas cosas más para subir y poder cocinar para Alkor y para mí. Me sentía como una glotona bajando a asaltar la cocina del restaurante.

En cuanto terminé de devorar el desayuno, me limpié y me dirigí al ascensor justo cuando llegó Lana.

—¡Hola, cielo! —exclamó, caminando enérgicamente hacia mí, con las manos cargadas de bolsas—. ¿Cómo te encuentras? —preguntó, con una mirada de preocupación en los ojos.

—Estoy muy bien, gracias —le dije sonriéndole.

Era una mujer encantadora. Tenía algo totalmente maternal que alimentaba el vacío que la muerte de mi madre había dejado en mí. La primera vez que la había visto, había temido que fuera mi competencia. Todavía en la flor de la vida, Lana tenía una belleza intemporal, una elegancia refinada, pero relajada, y una fuerza innegable envuelta en guantes de seda. Cualquier hombre se enamoraría de una mujer como ella. Teniendo en cuenta la venerable edad de Alkor, veintiocho o cincuenta años probablemente le daban lo mismo.

—Vengo cargada de regalos —dijo ella, levantando las bolsas para enfatizar.

—Deja que te ayude con ellas —le ofrecí, tendiéndole una mano para liberarla de un par de ellas.

—Gracias, cariño —dijo, dándome una bolsa de la compra y otra de unos grandes almacenes, que supuse que contenían ropa.

Eficaz como siempre, había adivinado con exactitud lo que yo necesitaba.

—¿Cómo está nuestro chico? —preguntó cuando entramos en el ascensor.

—Durmiendo profundamente.

Sonrió con un brillo travieso en los ojos.

—Bien, lo necesita.

En cuanto entramos en la habitación y confirmé que Alkor seguía descansando en su percha, Lana me ayudó a deshacer y guardar el contenido de las bolsas. Había comida suficiente para dos personas durante una semana. Insistió en que volviera a bajar más tarde para llevarme todas las frutas y verduras que pudiera necesitar o desear.

—Ahora vuelvo —dijo antes de excusarse.

Mientras la esperaba, miré la bolsa de ropa, agradecida por la ropa interior limpia y, en general, impresionada por su gusto impecable. La ropa encajaba perfectamente con mi estilo, lo que decía mucho de su sentido de la observación. Aun así, por muy agradecida que me sintiera, estaba claro que era ropa de calidad. Debía de haber pagado un dineral por ellas, y no me sentía cómoda con que gastara tanto en mí, independientemente de lo delicada que era la situación. Tenía que encontrar la forma de abordar el tema de devolverle el dinero sin herir sus sentimientos ni ofenderla.

Lana regresó con dos montones de documentos en las manos.

—Éste es el testamento vital de Alkor —dijo—. Y éste es el tuyo.

Parpadeé, mi cerebro se tambaleó durante un minuto.

—¿El mío?

Sonrió y asintió, indicándome que tomara asiento en la mesa antes de sentarse ella misma.

—Alkor ha estado ocupado poniendo orden en su casa —explicó Lana con calma—. Posee una enorme riqueza que no necesita y que dejará atrás. Ha sido muy generoso con mi familia, entre otras. Aunque espera que te vayas con él, te ha dejado lo suficiente para garantizarte una vida de comodidad y lujo durante el resto de tus días si decides quedarte.

—Pero... Eso es una locura —susurré ante la cifra imposiblemente alta que figuraba en el documento, que incluía un par de fincas y varios objetos raros y coleccionables—. ¿Por qué iba a hacer eso?

—Se preocupa mucho por ti, Brianna —dijo Lana con una suave sonrisa cargada de gratitud—. Nunca le había visto tan feliz como desde que por fin te dejó entrar en su vida.

—Lo has preparado tú, ¿verdad? —pregunté, dándome cuenta de repente—. Te pusiste en contacto con mi bufete esperando que viniera.

—Sí —dijo, sosteniéndome la mirada sin inmutarse—. He visto a Alkor suspirar por ti durante los últimos diez años, torturándose por esa tontería de la Directiva Primaria. Entiendo que la mayoría de la población se asustaría, pero tú eres su alma gemela. Está loco por ti desde la primera vez que apareciste en el club pidiendo verle. Era su última oportunidad de estar contigo. No iba a dejar que la desperdiciara. Alkor es como un hijo y un hermano para mí. Quiero que sea feliz. Y creo que tú puedes darle la felicidad. Ya lo estás haciendo.

Volví a sentir un nudo en la garganta y los ojos se me llenaron de lágrimas.

—Y pensar que temía que fueras una rival —dije, tratando con humor de evitar hacer un espectáculo de mí misma convirtiéndome en una cascada de lágrimas.

Los ojos de Lana se abrieron de par en par y se echó a reír.

—Por Dios, no. Le quiero, pero la piedra no es lo mío —dijo guiñándome un ojo.

Sonreí y miré con nostalgia a Alkor, que seguía durmiendo.

—¿Nos puede oír? —pregunté.

Lana lo miró de reojo antes de volverse hacia mí. Se encogió de hombros.

—Puede que sí. A veces solo está medio dormido, así que es consciente de lo que le rodea, como aquella primera vez que estabas... *admirando* la estatua de la gárgola en las catacumbas.

Se me calentó la cara de vergüenza. Lana se rio, satisfecha de sí misma. Le lancé una falsa mirada de enfado, que la hizo reír aún más.

—Pero dudo que lo esté. Ha ido a lo más profundo para curarse del todo y maximizar su energía antes del viaje que le espera —Lana cubrió mi mano con la suya y le dio un suave apretón—. Alkor debe salir de Montreal lo antes posible y ponerse en camino hacia el punto de recogida. No me ha dicho a mí ni a nadie dónde está. Es más seguro para todos. Pero él no puede permanecer aquí más tiempo, y tú tampoco deberías.

Decidas lo que decidas hacer al final, tú también deberías marcharte de Montreal.

Tragué saliva y asentí con la cabeza, pensando en cómo me las arreglaría con mi jefe. Aunque quería presentar mi dimisión sin más, si lo hacía ahora provocaría demasiado escrutinio. Enseguida asignarían un nuevo ingeniero al proyecto, que querría venir a comprobar el estado actual de las catacumbas y ponerse manos a la obra, por no hablar de que pedirían explicaciones de por qué Lana ya no quería trabajar con la empresa constructora de Stephen. No podíamos arriesgarnos a que nadie manipulara el edificio o el sistema de seguridad que Alkor había instalado hasta que nos hubiéramos ido con seguridad.

—Si ahora estás pensando en tu trabajo, sinceramente, ya no lo necesitarás, aunque decidas quedarte —dijo Lana—. A menos, claro, que lo ames demasiado como para marcharte. Pero hasta que te decidas, aquí tienes una nota del médico fechada el próximo domingo. En ella se dice que te han diagnosticado una infección grave por *E. coli*, lo que debería darte hasta diez días más de baja. Y si necesitas más tiempo, dirá que las complicaciones relativas a tus riñones requieren una baja más prolongada.

—¡Vaya, piensas en todo! —susurré, asombrada.

—Soy buena en lo que hago —dijo con una sonrisa de suficiencia.

Sacudí la cabeza y me reí.

—Te dejaré esto. Aunque esto no es exactamente legal, el Comisario de Juramentos ya ha firmado tu testamento vital —dijo Lana—. Si decides quedarte, solo tienes que quemar estos documentos y venir a reclamar tu herencia. Si decides marcharte con él, asegúrate de rellenar este formulario, indicando a quién quieres donar tu patrimonio, y luego envíamelo por correo. Yo me ocuparé del resto.

—Gracias, Lana —dije, sinceramente agradecida—. Rellenaré el documento y te lo dejaré aquí.

Al comprender mi intención subyacente, sus ojos se abrieron

de par en par y luego se empañaron. Se puso en pie y lanzó una mirada maternal a Alkor antes de volver a mirarme.

—Me alegro mucho de que nunca hayas dejado de buscarlo —dijo. Me abrazó, me besó en la frente y se marchó sin decir nada más.

Me quedé con los dedos en la frente, donde me había tocado con los labios, como hacía mi madre tantos años atrás. Volví a sentarme a la mesa y rellené los formularios. A pesar de estar distanciados, doné la mitad de todo a mi padre, y dividí el resto entre varias organizaciones que prestaban ayuda a las víctimas de alcoholemias y a sus familias. Una vez hecho esto, tomé una silla y la acerqué a la percha de Alkor. Sentada, encendí el televisor para ver las noticias, con la cabeza apoyada en su tobillo.

Me desperté con la textura áspera de las manos de Alkor acariciándome la cara y el pelo, sus labios rozando los míos. Mis párpados se abrieron para verle mirarme con algo parecido a la reverencia. Sonreí y le pasé las manos por detrás del cuello. Él me devolvió la sonrisa y me levantó antes de ponerse en pie desde su posición de cuclillas. Le rodeé la cintura con las piernas mientras me llevaba a la cama con los ojos clavados en los míos. Me dejó delante de la cama y me ayudó a quitarme la ropa. Sus palmas y sus labios me recorrieron mientras me liberaba de la camisa y luego de la falda.

Aún me colgaba de los tobillos cuando me empujó de nuevo sobre la cama. Un gruñido de satisfacción retumbó en su pecho cuando se dio cuenta de que no llevaba ropa interior, ni siquiera sujetador. Me costó quitarme la falda debido a la impaciencia de Alkor.

Se arrodilló ante mí, me arrastró hasta el borde de la cama y, abriéndome las piernas de par en par, se abalanzó sobre mi vientre con hambre voraz. Mi espalda se arqueó sobre la cama cuando su áspera lengua lamió mi abertura con frenesí antes de que sus labios se cerraran sobre mi pequeño nódulo. Un rayo de placer y lujuria estalló en la boca de mi estómago, y mis pezones se endurecieron dolorosamente, deseando su contacto. Mientras su lengua me acariciaba y masajeaba el clítoris, dos de sus dedos se deslizaron dentro de mí, frotando mi punto sensible de la forma adecuada con cada caricia. Me temblaba el estómago y me temblaban las piernas a medida que aumentaba el placer.

Me pellizqué los pezones con una mano mientras frotaba los cuernos de Alkor con la otra, con las uñas recorriendo cuidadosamente las bases de los tres centrales. Se estremeció y emitió ese gruñido de placer que siempre me provocaba locuras. Como en represalia por haberle tocado sus puntos erógenos, intensificó la velocidad de sus ministraciones hasta que me desgarré contra su boca. Mientras mi cuerpo se estremecía con los espasmos de la liberación, él seguía lamiéndome.

Cuando por fin cedió, besó y mordisqueó la sensible piel de mi vientre antes de dedicarse a mis pechos. Le encantaba darles suaves mordiscos y rozarlos con sus caninos. Me gustaban los vampiros y temía y deseaba que cediera y hundiera sus colmillos en mi carne. Desde la primera vez que había mencionado el beso de apareamiento, Alkor no había vuelto a mencionarlo. No quería presionarme, ya que parecía un vínculo bastante permanente, pero yo quería que lo hiciera.

Cuando abandonó mis pechos y sus labios se acercaron a mi cuello, lo empujé hacia atrás antes de que pudiera colocarse encima de mí. Por mucho que deseara su polla dentro de mí, antes lo quería en mi boca. Antes de él, nunca me había gustado demasiado chupársela a un hombre. Siempre me dolía la mandíbula y nunca me había gustado el reflejo de ahogo que se producía cuando el tipo se excitaba demasiado. Pero con Alkor... ¡Mierda! Una polla nunca me había sabido tan bien. Podría chupársela durante días.

Sorprendido, Alkor se inclinó hacia un lado y me miró interrogante. Lo empujé hacia su espalda, apreté mis labios contra los suyos y lamí y besé su musculoso cuerpo. Me encantaba la textura extrañamente áspera de su piel gris claro. Nunca había estado con un hombre con músculos y abdominales tan marcados. Tenía el cuerpo de un dios. Pero cuando bajé hacia mi premio, Alkor se enderezó y me tiró hacia atrás, haciéndome chillar de sorpresa. Me dio la vuelta y me arrodilló sobre su cara. Sonreí, sintiéndome traviesa mientras me inclinaba para llevármelo a la boca.

Deben haber pasado diez años desde la última vez que hice un 69.

Mis músculos abdominales se contrajeron cuando la lengua perversa de Alkor volvió a mimar mi clítoris con hábil atención. Un gemido se elevó en mi garganta cuando el placer empezó a crecer de nuevo, en lo más profundo de mi ser. ¿Cómo podía concentrarme en complacerle cuando me llevaba tan fácilmente al límite?

Intentando bloquear parte del éxtasis que me provocaba, bajé la mirada hacia su entrepierna y rodeé su polla alienígena con la mano. Larga y gruesa, de un tono gris azulado ligeramente más oscuro que el resto de su piel, la cresta ondulante a lo largo de su longitud impediría para siempre que la confundieran con la de un humano. Era demasiado grande para que mis dedos pudieran rodearlo, pero eso no me impidió darle unas cuantas caricias antes de inclinarme y besar su cabeza. Su eje se sacudió en mi mano y sus pelotas se contrajeron, haciéndome sonreír.

Me encantaba lo sensible que era a mis caricias y, sobre todo, a mi lengua, que le acariciaba la cabeza y la pequeña hendidura de la parte superior. Alkor gimió de placer cuando apreté el agarre mientras lo acariciaba, hasta que recompensó mi esfuerzo con una gota de semen. Lo lamí, gimiendo de placer cuando el sabor a caramelo salado explotó en mis papilas gustativas. No sabía si contenía algún tipo de afrodisíaco o sustancia adictiva, pero cada vez que lo probaba, mi piel se calentaba, mis paredes internas se contraían de deseo y me dolía la necesidad de tener más.

Con un gemido hambriento, envolví su polla con la boca hasta que la cabeza golpeó el fondo de mi garganta. Un estremecimiento lo recorrió y emitió un gruñido estrangulado, que no hizo sino avivar mi hambre. Lo chupé con una energía febril, deleitándome con la sensación de sus crestas en mis labios, su sabor celestial en mi lengua y sus suspiros en mis oídos. Pero incluso cuando se acercaba a su clímax, el mío propio amenazaba con robarme el premio, pues una oleada tras otra de placer me tenía al borde del abismo. Sabiendo que no duraría mucho más, lo llevé lo más atrás que pude en mi garganta y gemí.

Alkor detonó con un rugido, su semilla estalló dentro de mi boca y sus dedos se hundieron casi dolorosamente en la tierna carne de mi trasero. Mientras tragaba aquel manjar dulce y salado, Alkor me frotó el clítoris hasta que yo también llegué al clímax. La habitación giró, figurada y literalmente, cuando mi amante me puso boca arriba. Destruida por mis dos orgasmos, me quedé sin huesos sobre la cama. Pero él no había terminado conmigo.

Se subió encima de mí y me cubrió el cuello y la cara de besos, rozándome los hombros con sus caninos, antes de reclamar mi boca. Su beso era profundo y posesivo. Me estaba reclamando, marcándome. Clavó sus ojos en los míos y se introdujo dentro de mí.

—Eres mía, Brianna. Ahora y para siempre. Nadie te apartará jamás de mí.

—Sí —susurré mientras él empezaba a mecerse dentro y fuera de mí.

Nunca me había sentido tan llena, tan completamente poseída como por aquel hombre. Cuando estaba en sus brazos, el mundo dejaba de existir. Nada importaba más que él, a mi alrededor y dentro de mí, su piel áspera poniendo en tensión cada una de mis terminaciones nerviosas, su boca conquistando la mía y su cuerpo dominándome de todas las formas que una mujer puede desear.

—Muérdeme —le supliqué, necesitando que me reclamara por completo.

Se quedó inmóvil y el oro líquido de sus ojos, oscurecidos por el placer, pareció brillar. Me contoneé bajo él, instándole a continuar.

—¿Quieres unirte a mí? —preguntó, con una voz temblorosa por la esperanza y la incertidumbre.

Asentí con la cabeza, sin apartar la mirada de la suya.

—Sí, quiero ser tuya.

—Una vez que lo haga, no habrá vuelta atrás, Brianna —insistió, con los ojos brillantes, suplicándome que estuviera segura—. ¿Estás segura de que quieres esto?

—Sí —dije, asintiendo de nuevo—. Nunca he estado más segura de nada —añadí con total sinceridad.

—Mi *Hondassa* —susurró con reverencia, haciéndome sentir adorada—. Mi hermosa compañera. Nada ni nadie nos separará jamás.

Algo sucedía mientras su garganta trabajaba y sus ojos se oscurecían aún más. Me besó los labios, cerró la boca y reanudó el bombeo dentro y fuera de mí. Al cabo de unos instantes, sus labios se separaron por fin, y el sabor a caramelo salado invadió mi boca mientras su lengua se enredaba con la mía. Pero, a diferencia de cuando me la había chupado, esta vez un extraño cosquilleo se extendió por el interior de mi boca, por mi garganta y luego por todo mi cuerpo.

En unos instantes, todos mis sentidos se aceleraron mientras una nueva lujuria, más caliente y ardiente, se apoderaba de mí. Mi visión se agudizó, mis manos y mi piel percibieron cada sutil detalle de su piel, y mis oídos captaron el sutil roce de su áspera carne contra la mía, e incluso el sonido de sus garras saliendo a jugar. Como si percibiera el cambio en mí y el hambre insaciable que se apoderaba de mí, Alkor aceleró el ritmo. Desapareció el amante apasionado, pero amable que había conocido desde el principio.

Gruñó, enseñándome los colmillos, y sus garras se clavaron en mis costados, rompiéndome la piel. Nunca había tenido un aspecto tan extraño, tan bestial o tan salvaje. En lugar de asustarme, otra descarga de lujuria y necesidad me hizo gemir su nombre y retorcerme bajo él. Me sentía afiebrada, mi piel sobrecalentada se apaciguó un poco con su temperatura más fría mientras una fina capa de piedra cubría su carne. Mi grito de dolor cuando sus colmillos se hundieron en mi cuello fue seguido rápidamente por un grito estrangulado de éxtasis, cuando la dicha líquida se vertió en mí a través de las heridas punzantes.

Detoné, con las cuerdas vocales casi desgarradas de tanto gritar. Alkor, implacable, me lamió la herida y me gruñó al oído mientras me penetraba con una furia desenfrenada. Con las alas desplegadas y el oro fundido de sus ojos brillando, se cernía sobre mí como un demonio salido de las más oscuras fosas del infierno para reclamar a su novia. Incluso su cola azotaba salvajemente el lecho como si necesitara expulsar un exceso abrumador de energía sexual. Alkor volvió a devorar mis labios, y el mismo delicioso sabor a caramelo salado añadió una segunda oleada de cosquilleos por todo mi cuerpo.

Mis ojos se pusieron en blanco cuando otro violento orgasmo me arrasó. No sabría decir cuánto tiempo continuó, ni cuántas veces me hizo derrumbarme. Cuando por fin llegó al clímax, me estaba ahogando en un mar de éxtasis, con la voz completamente quebrada de tanto gritar. Me agarró con fuerza, clavando sus garras en mi carne, y rugió mi nombre mientras su semilla entraba en erupción. Inusitadamente cálida mientras se derramaba dentro de mí, el mismo cosquilleo que su beso había provocado en mi boca se manifestó con cien veces más fuerza en mi vientre antes de extenderse al resto de mi cuerpo, arrancándome un orgasmo definitivo.

Completamente destrozada, yací sin fuerzas en la cama,

demasiado destrozada para moverme. Alkor me abrazó y rodó sobre su espalda. Me estrechó contra su pecho y me rodeó con sus alas.

—Somos uno —susurró Alkor, con el corazón latiéndome al oído—. Estamos unidos de por vida.

~

E n los tres días que siguieron, no observé ningún cambio evidente, ni en mi aspecto ni en ningún otro. Sin embargo, las heridas punzantes que las garras y los colmillos de Alkor me habían infligido se curaron por completo en cuestión de horas, al igual que el moratón que me había hecho Stephen al golpearme por la espalda. Alkor se disculpó profusamente por perder el control y hacerme daño.

Cuando le dije que esperaba que volviera a arañarme así, estuvo a punto de perder los nervios. No era masoquista y nunca me había planteado ningún tipo de juego pervertido, pero fuera lo que fuera lo que me habían hecho sus fluidos de apareamiento, sus garras no habían sido desagradables. Sí, me habían dolido un poco cuando me atravesaron la piel, pero era un dolor de los buenos. Nunca me había excitado tanto como cuando se puso en plan gárgola conmigo. Eh, más bien Khargal. El cambio parcial de su piel a piedra, en lugar de irritar mi piel al rozarse con la mía, había estimulado mis terminaciones nerviosas, potenciando cada sensación.

Alkor no podía jurar que no se produjeran otros cambios con el tiempo, sobre todo cuanto más seguíamos apareándonos con él liberando su *dassa*, el fluido de apareamiento producido por las glándulas de la parte posterior de su boca, cerca de las amígdalas. Hasta que me las señaló, nunca me había dado cuenta de que hablaba con dificultad porque se le hinchaban cada vez que se ponía muy cachondo. Como iba a salir de la Tierra, no me preocupaban demasiado los cambios que pudiera sufrir mi aspecto, siempre que no disgustaran a Alkor. Me encantaría tener un par de alas, pero pasaría gustosamente de la cola. Alkor dijo que ninguna de las dos cosas era probable. Eso no me impidió albergar esperanzas.

Pero aquellos tres días no fueron solo diversión y juegos pervertidos. Si no estaba entrenando para aumentar su resistencia, Alkor jugueteaba durante horas con su equipo, sobre todo con una cajita para impedir que el Sindicato de la Rosa rastreara el sigilo y algún otro dispositivo. Tras escuchar la conversación entre Stephen y Daniel, se dio cuenta de que eran capaces de rastrear la señal emitida por el sigilo, o de seguir su frecuencia. Necesitábamos enmascararlo mientras viajábamos para que no pudieran seguir nuestro rastro. Al mismo tiempo, necesitábamos un sigilo señuelo para engañarles y hacerles creer que seguía instalado en The Darkest Hour.

Gracias a la VPN, me conecté a distancia al ordenador de mi trabajo. Sentada en el sofá de Alkor, con las piernas cruzadas y el portátil sobre el regazo, intenté concluir la mayor parte posible de mi trabajo para que mis clientes no se vieran perjudicados y otro ingeniero pudiera retomarlo donde yo lo había dejado sin demasiada dificultad. Me entristecía no poder llevar a cabo algunos de aquellos proyectos, y The Darkest Hour era el primero de la lista.

Levanté la cabeza y observé el rostro exótico y hermoso de Alkor. Sus rasgos mostraban una expresión de profunda concentración mientras jugueteaba con una versión portátil del dispositivo de conversión de energía solar que utilizaba para recargar su traje y su escudo.

—¿Y cómo sabes hacer todas estas cosas técnicas? —le pregunté—. Creía que eras soldado.

Alkor enarcó una ceja y me miró, con la cabeza aún inclinada sobre su artilugio.

—Ser soldado no excluye tener habilidades en campos científicos, tecnológicos o artísticos. También soy muy buen cocinero.

Parpadeé.

—¿Dices que eres bueno en todo lo anterior?

Alkor sonrió, se enderezó y luego se recostó contra la silla de su mesa de trabajo.

—No soy demasiado bueno en ciencias, aunque mis conocimientos generales probablemente superan a los de la mayoría de la población no científica ni médica. Como no puedo entrar en la consulta del médico, a lo largo de los siglos me he mantenido al tanto de los fundamentos de la medicina y la bioquímica para intentar adaptar a mis propias necesidades. Pero con nuestra curación natural mejorada y las maravillas de la *duramna*—por no hablar de las diferentes anatomías—le dediqué algo de tiempo.

Miró todo el equipo que tenía delante y tomó el sigilo falso que había montado para despistar al Sindicato y hacerle creer que seguía dentro de The Darkest Hour mucho después de que nos hubiéramos ido con el auténtico.

—Ahora disfruto con estas cosas. Primero me aficioné a la tecnología por necesidad, y ahora por pasión. Es emocionante intentar averiguar cómo puedo empujar la tecnología primitiva para que realice funciones más avanzadas para las que no había sido concebida. Esta era hace aún más emocionante que los humanos dispongan por fin de ordenadores, internet y nanotecnología.

—¿Así que te has pasado los últimos mil años rastreando toda la tecnología que has podido encontrar? —pregunté en tono burlón, pero en realidad me preguntaba qué se debía sentir al haber vivido todas esas épocas y haber sido testigo de la evolución de la humanidad.

Alkor se rio.

—En absoluto. Podían pasar décadas antes de que apareciera algún nuevo descubrimiento tecnológico digno de estudio —dijo Alkor encogiéndose de hombros—. Cuando tienes tanto tiempo para matar, aprendes cosas, lo que esté de moda en ese momento.

Durante el Renacimiento, dibujé y esculpí mucho. Durante la Era de las Velas, intenté superar mi miedo al agua, pero no funcionó demasiado bien. Además, los barcos son demasiado lentos cuando puedes volar.

—¿Miedo al agua? —pregunté, sorprendida—. Pero tú me salvaste del agua.

Alkor asintió lentamente, con el ceño ligeramente fruncido al recordar.

—Sí, pero estaba volando. Tu vehículo solo había empezado a hundirse, que es un proceso relativamente lento. Si tu coche ya se hubiera sumergido, no habría podido ayudarte. Los Khargals no sabemos nadar. Somos demasiado pesados. Yo... —Su voz vaciló y parecía ligeramente angustiado—. Me aterrorizan las grandes masas de agua.

Me quedé boquiabierta un momento, la mirada atormentada de sus ojos me hizo comprender la profundidad de su fobia.

—Y, sin embargo, viniste a por nosotros —dije, aún más conmovida ahora que sabía el miedo que había tenido que superar para rescatarnos.

—Reflejo. Es mi deber proteger —dijo Alkor encogiéndose de hombros—. Pero en ese caso concreto, creo que los instintos actuaron porque me recordaba mucho al accidente cuando mis compañeros y yo intentábamos salir de nuestra nave espacial que se hundía. Tenía que ayudar. Tenía que salvarlos... para salvarte a ti.

—Me alegro de que lo hicieras —dije con una sonrisa, dejando traslucir tanto mi gratitud como el afecto que sentía por él.

—Yo también, mi Brianna —dijo Alkor.

La forma posesiva en que me reclamó me produjo un agradable escalofrío.

Resultó que Alkor no solo era un genio de la tecnología, sino que también hablaba seis idiomas con fluidez, menos de los más de veinte idiomas y dialectos que había aprendido a lo largo de los siglos, pero que ahora había olvidado por falta de uso. Mientras que el árabe le había resultado fácil de pronunciar, se había rendido con el chino, incapaz de reproducir el tono correcto. Alkor solía tocar el piano y una plétora de instrumentos de cuerda, la mitad de los cuales ni siquiera sabía que existían. Descubrir que había tenido una obsesión de cinco años por tocar el arpa me dejó estupefacta. No podía imaginarme a mi Khargal de aspecto rudo, músculos gruesos y cuernos afilados sentado recatadamente detrás de un arpa.

A través de sus relatos sobre la vida durante el último milenio, llegué a comprender que Alkor había llegado a amar la Tierra y que se marcharía con mucha tristeza, aunque esperaba que la mayor parte de ella fuera por separarse de Lana.

Ella heredaría la red de clubes temáticos de Alkor en todo el mundo. Habiendo dirigido la operación desde el principio, solo tenía sentido. Me reconfortó saber que tenía la intención de completar el trabajo en las catacumbas. En las dos semanas que quedaban antes de nuestra partida de la Tierra, haría mi magia y le enviaría un borrador casi definitivo de los planos correspondientes.

CAPÍTULO 11
ALKOR

Demasiado pronto, y sin embargo no lo bastante, llegó el momento de nuestra partida del club. Viajaríamos ligeros, llevando solo lo estrictamente necesario—esencialmente la ropa que llevábamos puesta y una muda—y mucho dinero en efectivo, ya que las tarjetas de débito o crédito serían demasiado fáciles de rastrear.

El Sindicato de la Rosa había multiplicado sus intentos de entrar en The Darkest Hour. Durante las horas de restaurante, los "clientes" se "perdían" de camino al baño, a pesar de estar claramente indicado, y se encontraban convenientemente cerca del ascensor o subiendo las escaleras de los pisos superiores. Durante las horas de discoteca, lo mismo, salvo que algunos de sus agentes intentaban sobornar al personal para que les condujera hasta el gran jefe, o engatusaban a los miembros VIP para que les dejaran entrar en sus cabinas para buscar un camino hasta mi palco situado en la misma planta. Uno de ellos incluso fingió ser un empleado de Hydro-Quebec que necesitaba comprobar los contadores y cuadros eléctricos del edificio, incluidos todos los enchufes y sistemas de calefacción, para asegurarse de que cumplían las normas modernas. Se sabía que las construcciones antiguas constituían un peligro de incendio, sobre todo ahora que funcionábamos como club.

Pero el hecho de que atracaran a uno de los camareros más veteranos cuando iba a abrir el restaurante para robarle la llave de acceso nos convenció de que había llegado el momento de marcharnos para evitar que las cosas fueran a mayores. La misión de rescate no llegaría hasta dentro de dos semanas. Esperábamos retrasar nuestra salida de Montreal una semana más para que yo pudiera seguir entrenándome y para que nosotros estuviéramos en un lugar seguro. A pesar de sus diversos intentos, era casi imposible entrar en mis dependencias privadas. Con el punto de encuentro situado en Canadá, viajar sería mucho más fácil, ya que no cruzaríamos ninguna frontera con todos los quebraderos de cabeza que ello conllevaba para la seguridad.

Tras muchas deliberaciones, acordamos viajar en tren. El punto de encuentro estaba situado en el Monte Nirvana. Reservamos un viaje de ida a Toronto, y luego un trayecto de conexión a Edmonton, Alberta. Desde allí, volaríamos en hidroavión hasta los Territorios del Noroeste. Todo el viaje duraría cinco días, incluyendo pasar una noche en Toronto y otra en Edmonton.

Habría sido más rápido tomar un vuelo privado de cinco horas directamente al aeropuerto de Tungsteno. La ciudad minera, en su mayor parte abandonada, estaba a tiro de piedra del Monte Nirvana. Sin embargo, necesitaba permiso previo para aterrizar allí. Aunque Lana hiciera magia para conseguirnos la autorización, sospechábamos que muchos de los demás Khargals también se dirigirían allí. Tantas peticiones especiales al mismo tiempo levantarían demasiadas banderas, sobre todo teniendo en cuenta que tendríamos que esperar allí las dos semanas restantes. Un tránsito más lento nos mantendría en movimiento durante más tiempo, en lugar de quedarnos quietos en el mismo lugar durante demasiado tiempo.

Con The Darkest Hour fuertemente vigilada por el Sindicato, necesitábamos escabullirnos sin que se dieran cuenta. Si utilizábamos una de las entradas superiores del tejado para salir volando en modo sigilo, sospecharían que nos habíamos marchado por el mero hecho de que las puertas se abrían y luego se cerraban sin que hubiera nadie a la vista.

En lugar de eso, la hermana de Lana, Militza, se acercó al club con el hijo de Lana, Tommen. Bajaba las escaleras justo cuando terminaba de intercambiar saludos con Brianna.

—¡Tío Alkor! —gritó el niño al verme.

Tommen corrió y se arrojó a mis brazos. Se me hizo un nudo en la garganta al ver la forma adoradora en que me abrazaba, sintiendo su pequeño cuerpo no más grande que una ramita. Sonriendo cariñosamente, acaricié el pelo de Tommen antes de besarle la frente. El personal no llegaría hasta dentro de una hora, lo que me libraría de tener que usar mi filtro de percepción.

—Hola, pequeño —dije—. ¿Me has echado de menos?

—¡Sí! —dijo Tommen, moviendo la cabeza frenéticamente —. Mamá dice que tienes que volver a tu planeta. ¿Es verdad?

Una extraña mezcla de emoción y tristeza se mezclaba en la voz del niño.

Volví a sentir un nudo en la garganta mientras asentía.

—Mi gente ha recibido por fin nuestro mensaje. Vienen para llevarnos a casa.

—¡Pero se suponía que yo debía cuidar de ti cuando fuera mayor! —dijo Tommen.

—Tommen —dijo Lana en tono de desaprobación.

—No pasa nada, Lana —le dije, sonriéndole antes de volver a mirar a su hijo—. Tienes razón. Y yo también lo estaba deseando. Habrías sido el mejor protector que podría haber esperado.

El niño hinchó el pecho y me miró con la misma adoración que siempre me derretía el corazón: la misma mirada que solía dirigirme mi hermano pequeño, Marek. El anhelo de volver a ver a mi hermano luchaba contra la pena de separarme de aquel adorable chiquillo.

—Pero mi familia también me echa de menos —dije suavemente—. Y echo de menos mi hogar.

—Sí —dijo Tommen con cara triste—. Supongo que yo también echaría de menos a mi familia. ¿Te volveré a ver?

Dejé que mi expresión de disculpa lo dijera todo. Tommen arrugó su carita pecosa y parpadeó varias veces para evitar que se le saltaran las lágrimas. Me dolía el pecho mientras atraía la cabeza de Tommen hacia el pliegue de mi cuello y lo abrazaba con fuerza, besándole la parte superior de la cabeza. Donde Lana había sido una madre y una hermana para mí, su hijo había sido a la vez un hermanito y un hijo.

Extendiendo las alas, las agité con fuerza, elevándome unos metros hacia arriba. Tommen jadeó y levantó la cabeza, mirando a su alrededor con asombro. Sonreí, feliz de haber ahuyentado parte de su tristeza. Con un techo de más de treinta metros de altura, tenía mucho espacio para trepar. Una vez despejadas las paredes laterales, di varias vueltas sobre las cabinas VIP del balcón, así como sobre mi propio palco privado. Tommen chillaba de risa, y la alegría de su voz era la música más dulce para mis oídos. Con mucha reticencia, volví a bajar volando.

—Te echaré de menos, Tío Alkor —dijo Tommen después de que aterrizáramos—. No me olvidarás, ¿verdad?

—Jamás. Tengo un montón de fotos tuyas para poder contar todas tus pecas cuando me cueste dormirme —dije guiñándote un ojo.

—¡Tonto! —dijo Tommen, riendo—. Nunca serás capaz de contarlas todas. Te confundirás y tendrás que volver a empezar. Ya lo sé. Lo he intentado.

Todos nos reímos, y le abracé por última vez, memorizando aquel instante.

—Gracias por el vuelo, Tío Alkor —dijo Tommen.

—Prometí regalarte uno por tu cumpleaños. Se me ha adelantado un poco —dije, alborotando el revuelto pelo pelirrojo de Tommen.

El chico sonrió antes de volver con su madre.

—¿Tienes todo lo que necesitas? —preguntó Lana a Brianna, volviendo a asumir el papel de madre.

—Sí, Lana, lo tenemos —dijo Brianna con una sonrisa, aunque pude ver que la emoción empezaba a apoderarse de ella.

Introduje algunas instrucciones en el filtro de percepción de la muñeca y levanté el brazo para que la muñequera mirara a Militza. La sostuve en alto durante unos segundos. Sin tener que decirle nada a la hermana de Lana, giró lentamente antes de detenerse una vez hubo completado un giro completo. Le sonreí y luego me acerqué a Brianna. Me quité el brazal del brazo y lo coloqué en el de mi mujer, asegurándome de sujetarlo bien en su muñeca.

—Muy bien, amor, actívalo —dije.

Ella sonrió nerviosa y pulsó la interfaz como yo le había enseñado. El aire brilló alrededor de Brianna.

—¡Qué genial! —exclamó Tommen, mirándola con los ojos muy abiertos.

Miré a mi mujer y sonreí con suficiencia al ver que su ropa combinaba perfectamente con la de Militza. Un enjambre de pecas cubría el dorso de sus manos, su piel era del mismo blanco cremoso que la de ella.

Sí, genial, pero especialmente raro que mi mujer se pareciera ahora a la hermana de Lana.

Brianna se acercó a la barra para examinar su reflejo en la pared de espejos detrás del mostrador. Miraba una y otra vez su reflejo y el de Militza, con una expresión hipnotizada en el rostro. Aunque estaba segura de que funcionaría, me sentí muy aliviado de que pudiéramos añadir nuevas opciones de disfraz al filtro de percepción casi sobre la marcha.

—Tienes buen aspecto —dijo Militza con un guiño.

Brianna soltó una risita.

—Ya lo creo. Estoy superguapa.

Militza se echó a reír, pero enseguida se le pasó la risa.

—Buena suerte a las dos, y cuida bien de la cabeza grumosa por nosotras —dijo, indicándome con un gesto de la cabeza.

—Escuché eso —murmuré.

Me hizo una mueca antes de darme un abrazo fraternal. Volví a llorar. Se me daban fatal las despedidas. No estaba tan unido a Militza como a su hermana, pero formaba parte de mi familia humana adoptiva. Tenía un buen corazón y, al igual que Lana, siempre veló por mis intereses.

Militza me soltó justo cuando Lana dirigía su mirada maternal hacia Brianna. Aquello pareció romper lo que quedaba de su resistencia. Mi mujer moqueó mientras un par de lágrimas se deslizaban por sus mejillas. Lana atrajo a Brianna hacia sí y la abrazó con fuerza. No habló, solo acarició el pelo de mi mujer un par de veces y luego le besó la mejilla. Tomando la cara de Brianna entre las manos, le sostuvo la mirada un momento, dejando que sus ojos hablaran por ella. A continuación, Lana acarició la mejilla de Brianna antes de soltarla. El conmovedor retablo me hizo un nudo en la garganta.

Brianna se secó las lágrimas con el dorso de la mano y luego se abrazó a sí misma mientras Lana se volvía hacia mí. Nunca me había sentido tan vulnerable como en aquel instante. Lana parecía increíblemente frágil cuando la rodeé con mis brazos. Se puso de puntillas para besarme la mejilla y luego enterró la cara en el pliegue de mi cuello. Nos abrazamos en silencio durante un momento. Ella se estremeció y yo cerré mis alas en torno a ella, dándole mi calor, mi fuerza y todo el profundo afecto que ardía en mi corazón por ella. La pena me arañó el corazón mientras le besaba la coronilla. Deseaba que ella también viniera con nosotros, pero tenía su propia familia aquí y quería una vida normal y humana para su hijo.

Cuando la solté, Lana dio un paso atrás y me tomó la cara con las manos, como había hecho con Brianna. Estudió mis rasgos como si quisiera memorizarlos, y luego bajó los brazos tras una última caricia.

—Vamos, entonces. No querrás perder el tren —dijo Lana, atrayendo a su hijo a su lado para consolarlo—. No corras riesgos innecesarios, pero si tienes alguna forma segura de hacernos saber que lo has conseguido, te lo agradeceríamos.

—Lo haré —dije, incapaz de ocultar parte del temblor de mi voz—. Adiós, y gracias por todo.

Con una última inclinación de cabeza, retraje las alas, recogí mi bolsa de equipo y activé el camuflaje de mi armadura.

CAPÍTULO 12
BRIANNA

Después de que Alkor desapareciera de mi vista, acepté de Militza la bolsa que había traído. Contenía algo de ropa, artículos de aseo esenciales, toneladas de dinero y dos smartphones.

Salí con el corazón encogido. Salí primero del club y me quedé fuera con Lana abriendo la puerta de par en par. Mientras nos despedíamos discretamente, Alkor salió del edificio.

—Vámonos —susurró.

Lana no lo oyó, pero yo lo oí alto y claro. Desde que nos habíamos unido, mis sentidos agudizados no habían disminuido. Lo más difícil resultó fingir que caminaba sola hacia la Place Ville-Marie. Tenía una vaga idea de la ubicación actual de Alkor y, al ver la multitud de gente que se apresuraba por la acera de camino al trabajo, no sabía cómo se las arreglaría para pasar entre ellos sin atropellar a nadie, o sin que chocaran con él.

Una parte de mí deseaba que hubiera volado en su lugar, pero con tantos rascacielos en esa zona, se habría visto obligado a volar demasiado alto, por no mencionar que eso le haría moverse demasiado rápido en comparación conmigo. Sin embargo, el hecho de que Alkor fuera invisible tenía otra ventaja. Mientras yo paseaba despreocupadamente por la zona comercial de la Place Ville-Marie de camino al pasillo de conexión con la Estación Central, él miraba a su alrededor en busca de posibles enemigos que me siguieran. En cuanto bajamos por la escalera mecánica que conectaba con esta nueva sección de la ciudad subterránea, me detuve en la panadería y compré una cajita de pasteles, entre ellos un éclair de chocolate con crema pastelera: me encantaban.

Como habíamos planeado, llegamos con bastante antelación, así que me entretuve un poco mirando los escaparates de algunas tiendas de camino a la estación de tren. Convencida de que no nos seguían, compré dos billetes a Toronto y me dirigí a la puerta de embarque. Aún nos quedaban treinta minutos. Me senté en uno de los bancos, fingiendo leer en mi teléfono. Técnicamente, podría haberlo hecho, pero las palabras se desdibujaban delante de mí, y me dolía la espalda de tanta tensión.

—*Relájate, amor. Todo está bien* —me envió Alkor desde su teléfono.

Sonreí, con el corazón encogido hacia mi hombre, que se había dado cuenta de que necesitaba que me tranquilizaran.

Tras lo que me pareció una eternidad, por fin llegó el tren. Subí, rezando para que Alkor pudiera seguirme sin demasiada dificultad. Pero con toda la gente presionando detrás de mí para subir también, sospeché que esperaría hasta que casi todo el mundo estuviera a bordo para subir.

Me dirigí a nuestro camarote, con las manos aún temblorosas y el corazón palpitante. Hasta que el tren no despegara y me sentara en el regazo de Alkor, protegida por la seguridad de sus alas a mi alrededor, no podría relajarme. Mientras tanto, corrí las cortinas para tener intimidad del andén. Me pareció que el tiempo se eternizaba antes de oír un suave golpe en mi puerta. Me levanté de un salto y corrí a abrirla. No había nadie fuera, pero una mano que me acariciaba suavemente el pecho me hizo retroceder con un gritito de sorpresa.

¡Apártate, idiota! ¿Cómo va a entrar?

Sintiéndome avergonzada por mi estupidez, retrocedí y sentí cómo me rozaba. Eché un rápido vistazo al pasillo para asegurarme de que no había ningún testigo, cerré la puerta de nuestro camarote y eché el cerrojo. No tuve ocasión de darme la vuelta antes de que los brazos de Alkor me rodearan y me abrazaran. Sus manos y su boca estaban por todas partes. Había algo increíblemente excitante y travieso en que unas manos invisibles me tocaran en lugares íntimos.

No había mucho espacio para moverse, pero eso no preocupaba a Alkor. Mi ropa voló fuera de mí a una velocidad vertiginosa. Mi parte razonable pensaba que debíamos esperar a que el tren despegara, pero mi parte impulsiva—la dominante—no podía esperar más. Alkor casi me dejó caer sobre una de las dos sillas acolchadas antes de acercarme al borde.

Agarrándome por los tobillos, los colocó sobre sus hombros invisibles. Segundos después, la áspera humedad de su lengua se puso a trabajar en mi núcleo, lamiéndome, chupándome el clítoris, sus dedos buceando en mi interior hasta hacerme corear su nombre. Sin saber lo insonorizadas que estaban las cabinas, me esforcé por mantener la voz lo más baja posible. No era una gritona—bueno, no solía serlo—pero Alkor tenía una forma de hacerme estallar con una vocalización grave. Justo antes de caer al vacío, Alkor se apartó de mí.

—¡No! —grité, sintiéndome engañada. ¡Había estado tan cerca!

—De rodillas —gruñó la voz incorpórea de Alkor.

Eso resonó directamente en mi coño, que palpitaba de anticipación. Me encantaba cuando actuaba de forma dominante. Impaciente, casi me dio la vuelta cuando, al parecer, tardé demasiado para su gusto. Apenas me puse de rodillas, sentí su polla presionando mi abertura. Me agarré al respaldo para apoyarme y chillé cuando sus manos me levantaron los muslos y me la metió hasta el fondo. Cuando mis rodillas ya no tocaban el sofá, me agarré con todas mis fuerzas mientras me penetraba.

A medida que el placer me inundaba, temí que mis temblorosos brazos cedieran y me plantara de bruces en el cojín del sillón y acabara asfixiada por el orgasmo, aunque no me hubiera importado en ese momento. Pero mi agarre nunca vaciló, aferrándome con una fuerza que no recordaba haber poseído nunca. Con un gruñido ahogado, Alkor liberó su semilla en mi interior. La ligera sensación de ardor seguida del familiar cosquilleo de su *dassa* me puso al borde del abismo.

Pero Alkor no se detuvo.

Me hizo un ovillo entre sus brazos, de espaldas a su pecho, me sostuvo y siguió bombeando dentro y fuera de mí hasta que ambos volvimos a alcanzar el clímax. Se dio la vuelta y se acomodó en la silla, con la polla aún enterrada en mi interior. Deshuesada, despatarrada sobre él, me deleité en su proximidad mientras desactivaba el camuflaje de su traje.

—Me matarás —susurré, con la voz más ronca por nuestro pequeño jugueteo.

—Solo con placer, mi *Hondassa*. Solo con placer.

El viaje a Toronto duró más de cinco horas. Alkor empleó ese tiempo en recargar tanto el camuflaje de su traje como el filtro de percepción. Mientras tanto, trabajaba un poco en los planes para The Darkest Hour. De momento, las cosas pintaban bien, sin señales de que nos siguieran. Tras muchas idas y venidas, acordamos que yo iría con mi aspecto normal—salvo por una peluca convenientemente proporcionada por Militza—y él llevaría el filtro de percepción.

Cuando terminé de empaquetar nuestras cosas, me di la vuelta y vi a un hombre alto y rubio, de penetrantes ojos azules, apoyado en la puerta de la cabaña, con una sonrisa seductora en los labios. Podría haber sido el resultado de que Bratt Pitt y Kevin Costner tuvieran un bebé.

—Hola, guapa. Busco una cita. ¿Te interesa? Me ducho a diario, como con la boca cerrada y bajo el asiento del váter —dijo el hombre.

Me reí entre dientes y le di una palmada juguetona en el hombro.

—¡Deja de hacer el tonto! ¡Toma tu bolsa y vámonos! Quiero estirar un poco las piernas y tenemos que encontrar un lugar donde pasar la noche.

—Sí, Ama —dijo Alkor con una reverencia fingida.

Nadie nos causó ningún problema al bajar del tren y mezclarnos con la multitud que se apresuraba hacia sus diferentes destinos. Como todo un caballero, Alkor cargó con nuestras maletas mientras buscábamos un motel donde pasar la noche. Encontramos uno agradable, no demasiado lejos de la estación, ya que queríamos tomar el primer tren de la mañana.

Con mucha reticencia, Alkor accedió a dejar nuestros objetos de valor en la caja fuerte de la habitación. Sin embargo, se puso su armadura y su filtro de percepción, e insistió en que llevara todo nuestro dinero en el bolso. Por su parte, llevaba la pequeña caja amortiguadora que contenía el sigilo en una riñonera. No podía culparle por ser demasiado precavido, pero ¿una riñonera? Al menos, era una riñonera elegante de cuero negro. Con la ropa oscura generada por el filtro de percepción, no destacaba demasiado.

Encontramos un bonito local de dim sum a diez minutos a pie del motel. Por suerte, no estaba demasiado concurrido, pero lo suficiente para hacernos saber que la comida sería decente. Nos instalamos en un reservado en el rincón más tranquilo del restaurante. La luz tenue proporcionaba más intimidad y ayudaría a ocultar cualquier posible fallo con el disfraz de Alkor mientras comía.

Pedí demasiadas variaciones de albóndigas—sobre todo de

sopa—pegatinas de caldero y albóndigas de gambas fritas. A Alkor le encantaban los bollos de cerdo a la barbacoa. Resultó ser una velada agradable, los camareros eficientes, pero no intrusivos.

—Háblame de Duras y de tu familia —dije mientras mostraba mi destreza con los palillos al mojar un palito en salsa de soja.

A Alkor le divirtió, y se quedó con el viejo tenedor y el cuchillo.

—Yo tengo tres *khers*, o hermanos como tú dices: una hermana y dos hermanos —dijo Alkor, y su rostro adoptó una expresión distante—. Al igual que nuestros padres, todos somos de raza guerrera y por eso todos nos alistamos en el ejército. Los Drayvus formamos parte de una larga estirpe de guerreros.

—¿Los obligaron o esperaban que todos se alistaran en el ejército? —pregunté entre dos bocados.

—No —dijo Alkor, negando con la cabeza—. Podríamos haber elegido otra carrera. Eso habría levantado cejas, pero nadie nos habría hecho pasar un mal rato por ello. Lo llevamos en la sangre —Sonrió con cariño mientras parecía rememorar uno o varios incidentes concretos—. Mis padres dirigían nuestro hogar con precisión y disciplina militares. Que eligiéramos seguir ese camino era algo inevitable.

—Pero fue una infancia feliz, ¿verdad? —pregunté con cuidado.

De repente me di cuenta de que realmente no sabía mucho sobre su mundo, su gente y lo bienvenida o no que sería entre ellos. Su amplia sonrisa alivió mi creciente ansiedad.

—Fue una infancia muy feliz. Mis padres son maravillosos. Son estrictos y disciplinarios, pero su amor por nosotros es innegable. A mi dam no se le da muy bien expresar sus sentimientos. Pero mi padre es muy divertido. Es una práctica habitual que los padres dejen caer a sus vástagos por un acantilado cuando llega el momento de que aprendan a volar.

Se me desorbitaron los ojos y me quedé paralizada a medio masticar mientras esperaba el resto.

—Como primogénito, estaba aterrorizado cuando llegó mi turno. Marek, el segundo, fue testigo de mi primer intento de vuelo. Aún era demasiado joven para volar, pero, curioso como siempre, me seguía a todas partes —Alkor sonrió con cariño al pensar en su hermano—. Solía llamarle *bansial*, que se traduciría vagamente como pegajoso o pegamento.

Me reí entre dientes y volví a masticar mientras intentaba imaginarme una versión diminuta de Alkor y una versión aún más pequeña, casi gemela, siguiéndole implacablemente.

—No quería que me viera hacer un espectáculo —dijo Alkor, sobrio—. Marek me consideraba su héroe. Creía que su hermano mayor era el Khargal joven más fuerte de todo Duras. Juró que crecería para ser como yo.

Alkor tragó saliva con fuerza, abrumado por una oleada de emoción. Puse mi mano sobre la suya y la apreté suavemente.

—Le echas de menos —dije en voz baja.

Giró la mano para tomar la mía y también la apretó antes de que su pulgar me acariciara los nudillos.

—Sí —dijo asintiendo con la cabeza—. Estábamos muy unidos. Mi pequeño *bansial*. Cuando dudé demasiado en saltar, solo once segundos después de que ella me dijera que lo hiciera, Madre me empujó de la cornisa con la planta del pie.

Me atraganté con el sorbo de té que había estado tomando. Dejé la taza en el suelo, liberé la mano derecha de su agarre y me llevé una servilleta a los labios con ambas manos mientras tosía a pleno pulmón. La mirada inicialmente preocupada de Alkor se transformó en diversión una vez se aseguró de que estaba bien.

—¿Qué ha hecho? —grazné entre dos toses.

Alkor se rio.

—Me tiró de la cornisa. Es una práctica habitual —añadió encogiéndose de hombros ante mi expresión indignada—. Pero no te preocupes, tanto ella como Padre saltaron tras de mí para poder atraparme si parecía que corría peligro de ponerme en evidencia y no conseguía volar. Créeme, *Hondassa*, cuando el suelo se te echa encima a velocidad de vértigo, despliegas las alas y las agitas.

Aunque seguía traumatizada por su madre, me eché a reír.

—¿Así que volaste? —pregunté.

Retrocedió, con cara de ofendido.

—Claro que sí —exclamó como si la respuesta hubiera sido evidente.

Eso me hizo reír aún más.

—Y así, tu heroica reputación de hermano mayor permaneció intacta —dije burlonamente.

Vaciló, con una mirada extraña cruzando sus facciones.

—¿Qué? ¿Ha pasado algo? —le pregunté, entrecerrando los ojos.

Alkor se revolvió incómodo en la silla y arrugó la cara. Cómo deseaba que no llevara ese disfraz ahora mismo para poder ver el alcance de la incomodidad en sus rasgos reales.

—Me puse un poco... creído.

Mis ojos se abrieron de par en par con curiosidad.

—¡Oh, esto tiene que estar bueno! Cuéntamelo —dije, inclinándome hacia delante, con una sonrisa que ya se dibujaba en mis labios en espera de su confesión.

—Me estabilicé más o menos a medio camino del desfiladero al que me había empujado Madre —dijo Alkor—. Volé de vuelta hacia arriba, lo que, para los músculos de mis alas incipientes, había sido extremadamente exigente. Cuando vi a *ban...* Marek animándome desde el suelo, me entraron unas ganas ridículas de lucirme. Padre me dijo que aterrizara, pero como Madre no lo hizo, seguí adelante, dando vueltas alrededor de mi hermanito mientras coreaba mi nombre. El agotamiento no se apoderó de mí gradualmente, sino que pasé de ser el rey del cielo a caer en picado.

Me llevé una mano a la boca.

—Me estrellé tan fuerte —dijo Alkor, haciendo una mueca de dolor al recordarlo y sacudiendo la cabeza—. Mi padre tuvo que arrancarme del suelo, mientras mi madre se partía de risa.

—¡Santo Dios! —dije, preguntándome qué clase de loca lo había parido.

—No la juzgues con demasiada severidad —dijo Alkor con una sonrisa—. Duras es un mundo duro. Los niños tienen que aprender a ser duros desde muy pronto. Ella sabía que yo no sufriría heridas graves por la caída que también sabía que sería inevitable. Madre decía que yo era realmente el hijo de mi sire, el típico fanfarrón. Unos cuantos miembros rotos me ayudarían a enderezarme. Y tenía razón.

—¿Te rompías los brazos y las piernas a menudo? —pregunté, mojando una albóndiga de sopa en la salsa.

—Siempre —dijo Alkor antes de reírse a carcajadas de sí mismo—. Verás, estrellarme aquel primer día no hizo sino aumentar mi prestigio ante mi hermano. No solo había volado por mi cuenta, sino que había sobrevivido a un accidente mortal con una simple fractura y un par de golpes y magulladuras. Estaba claro que era invencible. Incluso divino.

—¡Oh, Dios! —dije, sacudiendo la cabeza—. Estoy deseando conocerle. Tu hermano parece un alborotador.

—Lo es —dijo Alkor, sonriendo con cariño—. También te gustarán Galtan y Sheira. Es la más joven, pero seguro que le encantará intimidarnos.

—Mi tipo de chica —dije.

Se rio entre dientes.

—Ya lo creo.

Me puse sobria y fruncí ligeramente el ceño.

—¿Pero se alegrarán de verme? —pregunté vacilante.

Alkor retrocedió un poco y me miró sorprendido.

—Por supuesto —dijo como si fuera evidente—. Eres mi *Hondassa*, mi compañera de unión. Algunos de los míos viven 3000 años y mueren sin encontrar nunca a su alma gemela. Mi familia se alegrará de que *Lar* me bendijera permitiéndome encontrarte.

Tomó mis dos manos entre las suyas y las apretó tranquilizadoramente.

—Duras no es perfecta. El agua escasea y eso puede suponer un reto para la comida o ciertas comodidades. Ver tanto verde, como tienen aquí en la Tierra, es alucinante, un verdadero lujo en mi mundo natal. Pero nuestro pueblo es acogedor con los forasteros. Muchas especies alienígenas visitan nuestro mundo, y algunas eligen establecerse allí, ya sea por su pareja, su profesión o simplemente porque les atrae. No serás rechazada por no ser Durasiana.

—¿Así que te tengo que mantener contento y todo irá bien? —dije, intentando ocultar mi alivio tras un humor poco convincente.

—Eso suena bastante bien —dijo, guiñándome un ojo.

—Puedo encargarme de eso.

—Bien. ¿Todo listo? —preguntó señalando mi plato vacío con la barbilla.

—Sí —dije, frotándome el vientre abultado mientras lanzaba una mirada triste al puñado de albóndigas que seguían en la vaporera de bambú.

Hizo un gesto al camarero, que enseguida se acercó a nosotros. Después de pagar la cuenta, le dejamos una generosa propina sobre la mesa.

—Ven, pozo sin fondo —dijo Alkor. Levantándose, me tomó de la mano y me sacó del restaurante.

Complacidos por el agradable frescor de la noche, paseamos por las calles, con su brazo alrededor de mis hombros y el mío alrededor de su cintura, como dos amantes sin preocupaciones. Por supuesto, era una ilusión, pero pensaba disfrutarla mientras durase.

CAPÍTULO 13
ALKOR

Tras mucho debatir—parecía que últimamente lo hacíamos mucho—Brianna y yo acordamos llamar a Militza con uno de los teléfonos inteligentes que nos había proporcionado para informarles a ella y a Lana de que todo iba bien, justo antes de subir al tren con destino a Edmonton. Sin señales de persecución ni de ningún tipo de individuos sospechosos al acecho, confiábamos en haber engañado a nuestros enemigos. A pesar de que la llamada fue bastante breve, Militza confirmó que el Sindicato de la Rosa no había cejado en su empeño de irrumpir en el club.

Me perturbaba enormemente dejarles en esta situación de vulnerabilidad. Sin embargo, ahora que yo ya no estaba, las dos hermanas tenían intención de presentar una denuncia ante la policía por unos desconocidos al azar que parecían tener la intención de allanar el local. No habían querido llamarles mientras yo seguía en el club para evitar preguntas difíciles o atraer demasiado escrutinio sobre mí. Pero ahora esperaban conseguir una mayor vigilancia policial en torno a The Darkest Hour, lo que pondría las cosas más difíciles a los agentes del Sindicato.

Mientras el tren corría sobre las vías, dediqué gran parte de mi tiempo a retocar mi armadura y mi escudo, y a intentar mejorar el filtro de percepción. Mientras tanto, mi compañera estaba sentada bajo la sección abovedada del tren, disfrutando de la vista del paisaje mientras trabajaba en los planos de The Darkest Hour. Su determinación para llevarlo a cabo me desconcertaba, pero también aliviaba parte de mi culpa por pasar tanto tiempo entrenando, encerrados en nuestro camarote para dos, aunque ella no se quejaba.

Mi hermosa *Hondassa...*

Aún no podía creer que estuviéramos emparejados. Pero por mucho que me calentara el corazón, una parte de mí se preguntaba si lo había pensado de verdad, y si llegaría a arrepentirse más tarde. Brianna seguía sintiendo que sus padres la habían abandonado. A diferencia de su padre, su madre no había optado por abandonarla, pero, a pesar de ello, la había abandonado con la muerte.

En los años transcurridos desde que había reaparecido en mi vida, intentando conocerme, había dedicado algo de tiempo a investigarla. Se había cerrado a la mayoría de la gente, sin dar nunca a sus relaciones una oportunidad justa. Según Brianna, la mayoría de los hombres con los que había salido le habían parecido poco sinceros en su disposición a comprometerse en una relación seria. No acababa de creer que todos esos hombres hubieran carecido realmente de eso. El miedo de Brianna al abandono la había llevado a abandonarlos primero en cuanto se sintió en terreno inestable.

Me asustaba pensar que se había entregado tan completamente a mí solo porque le había salvado la vida, creando así un vínculo único e irrompible entre nosotros. Quería que mi compañera me deseara, que me amara por lo que era, no por la sensación de seguridad y estabilidad que podía proporcionarle. Pero quizá estaba interpretando más de lo que debía. Quizá Brianna se había enamorado de mí tanto como yo de ella.

Si cambiaba de opinión en el último momento, me destrozaría.

Se me pasaron por la cabeza terribles pensamientos de arrastrarla a bordo, pataleando y gritando. Una vez en el espacio, no habría vuelta atrás para ella. Sin embargo, no era así como yo quería construir los cimientos de nuestra vida juntos. No era el estilo Khargal. La idea de tomar a una hembra contra su voluntad me erizaba la piel y me revolvía el estómago. Pero me dolía el corazón y se me retorcían las entrañas ante la perspectiva de una vida sin ella.

Podría quedarme en la Tierra para estar con ella.

¿Podría? Si llegara el caso, ¿perdería mi única oportunidad de volver a casa y reunirme con mi familia tras mil años de espera? ¿Y qué hay de mi Juramento de Guerrero? Tenía que presentarme al servicio. Y si la guerra continuaba en Duras, estaba obligado por mi honor a volver a casa y luchar por mi pueblo. Volviéndome para mirar por la ventana de la cabaña, mi mirada recorrió el impresionante paisaje exterior, tantos árboles, arbustos, flores y hierba. Duras no ofrecería exteriores tan exuberantes. La Tierra nunca sustituiría a mi mundo natal en mi corazón, pero no podía negar que había llegado a quererla durante el milenio que me había ofrecido cobijo.

Deja de torturarte y de buscarte problemas.

Sonreí al oírme pronunciar las palabras de Lana. Tenía propensión a preocuparme por cosas que escapaban a mi control o que no podían evitarse. Durante un parpadeo de un segundo, consideré formas turbias de asegurarme de que Brianna no se echara atrás, como hacerle saber que su larga vida, curación acelerada y fuerza aumentada se desvanecerían y volvería a ser una humana normal sin dosis regulares de mi *dassa*. Aunque era cierto, inmediatamente me sentí avergonzado por haber contemplado siquiera esa posibilidad. No la chantajearía para que fuera mi compañera de vida.

Si no decidía marcharse conmigo, renunciaría a mi comisión militar y me quedaría en la Tierra.

Pero para asegurarme de que no llegaría a eso, terminé mi entrenamiento y me metí en la ducha. En los doce días que faltaban para el rescate, tenía la intención de cortejarla como nunca antes se había hecho con una mujer.

Recordando algunas de las historias de Lana sobre veladas románticas con su marido, pasé muchos "ratos mimosos" con mi compañera, como siempre los llamaba Brianna. Disfrutaba viendo películas juntas, las dos desnudas, con mis alas envolviéndonos. A pesar de la aspereza de mis palmas, a mi mujer le encantaban los masajes diarios que le daba en todo el cuerpo. Pero lo que más le gustaba era acurrucarse en la cama conmigo mientras le contaba historias de mi juventud en Duras. Aunque aún la temía, Brianna se estaba encariñando cada vez más con mi madre, y la llamaba "una mujer con pelotas".

No podía ser más acertada.

Para ser justos, mi padre no era fácil de convencer. Como macho alfa seguro de sí mismo, nunca se había sentido amenazado por la fuerza de mi madre, y se contentaba con dejar que ella impusiera su autoridad, que nunca intentó imponerle. Mi madre amaría a Brianna y la adoptaría como una segunda hija, lo que sabía que ayudaría a llenar un vacío en el corazón de mi *Hondassa*.

Por la voluntad de *Lar*, ella no cambiaría de opinión.

No desembarcamos durante el par de paradas para que la gente estirara las piernas, en gran parte para evitar exponernos a posibles miradas indiscretas. Demasiado pronto, el tren se detuvo en la estación de Edmonton. Confiando en que no nos rastrearan y para ahorrarme las cargas del camuflaje de mi traje, me puse el filtro de percepción y Brianna permaneció como ella misma.

En cuanto bajamos del tren, me di cuenta de nuestro error.

Sentí su mirada fija antes de que nuestros ojos se encontraran. Hacía veinte años que no veía el pelo negro y los ojos grises desvaídos de aquella agente, pocas semanas después de salir de cuarenta y cuatro años de *duramna* profunda. Como cada vez que salía de la hibernación, intenté ponerme en contacto con la mayoría de mis hermanos Khargal. Me enteré de que Tas estaba retenido en algún lugar de Londres. Mis esfuerzos por localizarlo casi consiguen que me capture un demonio implacable llamado Agente Tulip. Por alguna tonta razón, todos los agentes de aquella división habían adoptado nombres de flores o plantas.

Pero este demonio en concreto no tenía nada de bonito o delicado. En nombre de *Lar*, ¿qué hacía a este lado del océano, y precisamente aquí?

Tas debía de haber escapado.

O eso, o estaba tras otro de mis hermanos que podría estar pasando también por Edmonton, de camino al punto de encuentro.

Aparté los ojos, como haría cualquiera al rechazar a un desconocido con cuya mirada se había cruzado. Pero permanecí alerta, buscando discretamente sus refuerzos. No habría reconocido mi disfraz humano. Sin embargo, Stephen sin duda había enviado fotos de Brianna a sus acólitos. Al verme a su lado, sobresaliendo por encima de todos con mi 1,90 de estatura, sacaría naturalmente conclusiones sobre mi verdadera identidad.

Por el rabillo del ojo, vi a Tulip caminar despreocupadamente en la misma dirección en la que nos dirigíamos mientras llamaba a alguien por teléfono. Obligándome a caminar a paso normal, evité alertar a Brianna mientras permanecíamos en su campo visual. Podría haberle susurrado en un tono apenas audible para los oídos humanos, y ella me habría oído alto y claro gracias a la mejora proporcionada por mi *dassa*. Temiendo que su expresión de conmoción, sorpresa o miedo pudiera delatar que les habíamos descubierto, esperé hasta que entramos en el edificio.

—Mantén una expresión neutra —susurré en cuanto pasamos las puertas. Para mi alivio, Brianna se puso rígida, pero su rostro no reveló ninguna de sus emociones—. Un agente nos está siguiendo. Habrá reconocido tu cara. Debemos encontrar un lugar para que te pongas el filtro y para que yo pase desapercibido.

Con tanta gente saliendo del tren, muchos se dirigían a los baños o a las tiendas de recuerdos. Llevando a Brianna de la mano, me dirigí a un rincón de la sala donde el flujo de gente formaba una pared viva. Demasiado concentrados en su destino, nadie prestó atención cuando me agaché, fingiendo que me ataba los zapatos. Brianna me ocultó aún más al colocarse delante de mí. Activé el camuflaje de mi armadura y me quité el brazal con filtro de percepción antes de ponérmelo en el brazo.

Salir de aquí sin chocar con nadie sería difícil, pero con las masas ya apretándose unas contra otras en su afán por marcharse, no debería levantar ninguna sospecha. Brianna se abrió paso entre la multitud con una destreza impresionante en su camino hacia el baño, pero no entró. Giró hacia el pasillo de la izquierda y continuó hasta un rincón con máquinas expendedoras de billetes, desapareciendo de mi vista.

Eché un vistazo por encima del hombro para ver a Tulip intentando pasar el mar de humanos que le impedía llegar hasta mi mujer. No podía verla desde donde estaba, ni por dónde había ido tras doblar la esquina. Al volver la vista en su dirección, una sonrisa me partió la cara al observar que una señora mayor encantadoramente arrugada, con pantalones negros elásticos y un abrigo rojo con una enorme hoja de arce—mi última incorporación a la biblioteca de disfraces—salía del pequeño recoveco.

Caminando con decisión, Brianna se dirigió hacia la salida y la parada de taxis. Según lo acordado, se subiría a un taxi e iría directamente al motel que nos habíamos propuesto—si no la seguían—o a un centro comercial donde nos reuniríamos de nuevo. Yo la seguiría en vuelo sigiloso.

Cada vez más frenética, Tulip se volvió un poco más brutal abriéndose paso a empujones entre la gente, ganándose unos cuantos latigazos con la lengua, que ignoró. Una mujer rubia y guapa, vestida con un traje negro de cuero de motorista, se acercó a él. Él sacudió la cabeza hacia el baño, con la irritación claramente reflejada en el rostro. Memoricé su cara cuando entró corriendo en el baño, adelantándose a las demás mujeres que hacían cola.

Como no quería entretenerme más de lo necesario, me escabullí entre el enjambre, sujetando la bolsa de Brianna y la mía por encima de la cabeza para evitar que golpearan a nadie. Por suerte, no me pesaban casi nada.

En cuanto franqueé las puertas automáticas de la estación, invoqué mis alas, corrí unos pasos y levanté el vuelo en cuanto fue seguro hacerlo. Aterricé apenas doscientos metros después, cerca de la parada de taxis donde Brianna hacía cola para tomar uno. Enviarle un mensaje con dos bolsas en la mano resultó ser demasiado complicado, pero dejarlas caer al suelo las haría visibles. Acorté la distancia que nos separaba y rocé su brazo. Se puso un poco rígida, sorprendida.

—A salvo —susurré en aquel tono casi inaudible.

Una discreta sonrisa floreció en sus labios, confirmando que me había oído. Me quedé cerca, fuera del alcance de la gente, hasta que se metió en el taxi y se dirigió al motel. Una última mirada a la estación reveló a la pareja de agentes del Sindicato de la Rosa echando humo en la entrada, con las cabezas moviéndose de un lado a otro, buscándonos en vano.

Resistiendo el impulso de ir a eliminar la amenaza, levanté el vuelo de nuevo y seguí al vehículo que llevaba a mi compañera a un lugar seguro.

~

—A partir de ahora, debes seguir utilizando el filtro de percepción mientras viajamos —le dije a Brianna, mientras la acurrucaba en la cama del motel.

—Pero se agotará demasiado rápido, igual que tu armadura —argumentó ella.

Sonreí y le acaricié el cuello.

—Durarán más de lo que imaginas —dije suavemente—. Es que soy demasiado precavido cuando se trata de usarlas. Pero pueden funcionar unas cuantas horas. Tengo un cargador portátil para que puedas reponerla durante tu vuelo a Virginia Falls. No es tan eficaz, pero debería ayudar a evitar un desastre.

—¿*Mi* vuelo? —preguntó, mirándome por encima del hombro con expresión sorprendida.

—Sí —dije, asintiendo—. Volaré junto al avión. Es más seguro que no nos vean juntos. Mi estatura me hace destacar demasiado —añadí rápidamente cuando ella abrió la boca para discutir—. Ahora que el Sindicato de la Rosa está alertado de nuestra presencia en Edmonton, vigilarán todas las estaciones de tren, paradas de autobús y aeropuertos. Saben que tu cara y una peluca no pueden llevarte muy lejos. Aunque llevaras un burka, si ven a un hombre de mi estatura con una mujer de la tuya, lo sabrán enseguida.

Brianna se volvió hacia mí, con cara de preocupación.

—Vas a estar agotado.

Me reí.

—No, mi amor. Puedo volar durante horas sobre una distancia muy larga sin cansarme. Llevar a otra persona es un poco más difícil, pero tú eres tan ligera que apenas lo noto. Lo realmente mortal es volar con piel de piedra. Me pesa mucho y ralentiza mis movimientos. Eso me agota en poco tiempo. Por eso me había esforzado tanto en entrenar últimamente. Todo irá bien —Le aparté el pelo de la cara y le acaricié los labios con los nudillos—. ¿Hay alguna forma de que hables con una voz más grave y varonil?

—¿Quieres que me ponga un disfraz de hombre? —preguntó Brianna, sorprendida.

Asentí con la cabeza.

—Así llamarás mucho menos la atención. Los agentes buscarán a una mujer de tu estatura aproximada. Conocen el filtro de percepción, pero no han conseguido ver a través de él... todavía. Si te paseas como un hombre de unos veinte años o de unos sesenta, es menos probable que te presten mucha atención.

—Hmm, buena observación —dijo Brianna frunciendo ligeramente el ceño—. ¿Cómo sueno? ¿Es suficientemente varonil?

El escozor de los colmillos hundiéndose en mi lengua me impidió estallar en carcajadas. Nadie en mil años creería que era un macho, ni siquiera fingiendo que era uno que había sido castrado antes de alcanzar la pubertad.

—Ha sido un esfuerzo valiente —dije con cautela, temiendo un ataque de risa en el instante en que empezara a hablar.

—Eso significa que soy malísima —dijo Brianna con un mohín de lo más adorable, con los hombros caídos.

—No, no es cierto —dije, dándole un pequeño pellizco en el labio inferior—. Tu boca siempre hace un trabajo magnífico.

Parpadeó, sin entender nada al principio, y luego soltó un grito ahogado, tan sorprendido como divertido, mientras me daba una palmada amistosa en el brazo.

—¡Pervertido! —murmuró.

—Ni mucho menos. Solo reconozco el mérito de quien lo merece —dije burlonamente, aunque me di una patada por recordarme cómo la boca de mi compañera alrededor de mi polla siempre me llevaba al borde de la locura. Un día me mataría de placer.

—Sea como fuere —murmuró Brianna con un adorable rubor enrojeciendo sus mejillas—, eso no cambia el hecho de que mi voz masculina es patética.

—Eres demasiado dura contigo misma, *Hondassa* —dije acariciándole la garganta con el dorso de la mano—. No es patética. Pero eres la encarnación de la feminidad en toda su gracia, elegancia y fuerza. No tendría sentido que tuvieras una voz varonil.

—Eres un adulador malvado —dijo ella, fracasando misera-
blemente en su intento de sonar severa—. No te merezco.

La emoción de su voz hizo que me doliera el corazón por la
fuerza de los sentimientos que florecían en mi interior por mi
hembra.

—No te merezco —volvió a susurrar antes de besarme.

Le correspondí, nuestras lenguas se mezclaron. Estaba lleno
de afecto, ternura y algo especial que no podría describir, desprovisto de toda la lujuria que había asomado la cabeza hacía unos
instantes.

—Me mereces con creces, compañera —susurré contra sus
labios—. He esperado siglos para encontrarte. Doy gracias a *Lar*
cada día por traerte hasta mí y darnos la oportunidad de estar
juntos, contra todo pronóstico.

La boca de Brianna trabajó mientras parecía dudar en
pronunciar las palabras que claramente ardían en su lengua. No
necesitaba oírlas. No quería oírlas hasta que ella estuviera preparada y segura. Los ojos de mi mujer me dijeron todo lo que necesitaba saber.

—Duerme, mi *Hondassa*. Mañana iremos a comprar las
herramientas necesarias para hacerte un modulador de voz.

Sus ojos se abrieron de par en par.

—¿Puedes fabricar uno?

—Por supuesto —dije con falsa indignación—. Soy un alienígena con conocimientos avanzados. ¡Puedo hacer cualquier
cosa!

Soltó una risita y me dio otro golpecito amistoso.

—Tonto.

—Solo para ti, Brianna. Solo para ti.

Sonrió y se acurrucó contra mí. La abracé hasta que se
quedó profundamente dormida, y luego salí de la cama a hurtadillas. Como soy un animal de costumbres, añoré mi percha,
pero me acomodé en el suelo antes de entrar en *duramna*. Realmente no la necesitaba, pero prefería ser demasiado precavido

manteniéndome totalmente descansado y curado en todo momento.

A la mañana siguiente, los delicados dedos de Brianna acariciando mis pezones me sacaron de mi letargo. Me había dado cuenta de que se había despertado, pero permanecía en ese nebuloso lugar entre el mundo de los sueños y la vigilia. Intenté permanecer estoico bajo sus caricias, pero mi polla volvió a traicionarme. Al salir del *duramna*, la arrojé sobre la cama y le mostré lo que ocurría cuando una hembra irresistible despertaba a un Khargal dormido, aunque ella no se quejó.

Desayunamos rápidamente en el comedor del motel, y luego acordamos que yo saldría por mi cuenta para adquirir las piezas que necesitaba para su modulador de voz. Brianna permanecería encerrada en nuestra habitación y no le abriría a nadie. Si hubiéramos estado en Duras, simplemente le habría hecho beber un zumo de *tamsiak* que la habría hecho sonar como un macho durante unas horas.

Utilizó el pretexto de ir a buscar hielo a la máquina de hielo, lo que me permitió salir de la habitación en modo sigiloso. En la entrada tardó un poco más en salir alguien, de modo que pude seguirle de cerca. Antes de salir, hice un vuelo de reconocimiento sobre el perímetro del motel para asegurarme de que ningún vehículo o individuo sospechoso tenía el lugar vigilado.

Aunque me tranquilicé al no detectar a nadie, permanecí estresado los noventa minutos que tardé en volar hasta la tienda de electrónica más cercana, encontrar las piezas o artículos que podía extraerles, comprar una nueva bolsa de viaje para Brianna y regresar al motel.

Me costó toda mi fuerza de voluntad, al volver a entrar en nuestra habitación, no agarrar a mi pareja con fuerza. No podía hacerle saber lo mucho que me había preocupado. Ella dependía de mi fuerza y confianza para superar esta prueba. Verme así de agotado socavaría su fe en mí y no ayudaría a su tranquilidad, ya de por sí en entredicho.

Tardé un día entero en montar el modulador de voz. No fue el éxito espectacular que esperaba. Solo podía llegar hasta cierto punto con las piezas que tenía. Aunque modificó su voz, tuvo que hablar un poco en voz baja para que funcionara razonablemente bien, haciéndola sonar como alguien que hubiera abusado del alcohol y los cigarrillos.

Pasamos el día siguiente haciéndola practicar su uso, caminando y actuando como un hombre. Lo más difícil para ella fue no sentarse como una dama, con las rodillas juntas y los pies ligeramente hacia un lado. Le recordaba que fingiera que tenía un pomelo en la entrepierna. Eso la hizo reír hasta que le metí en la entrepierna un peluche con forma de zanahoria para dar la impresión de que tenía una polla.

A Brianna no le hizo ninguna gracia.

El retraso resultó beneficioso. Mientras mi compañera entrenaba sus habilidades varoniles, yo hice ajustes adicionales en mi armadura para aumentar el tiempo de vuelo en modo sigilo. Pero esos dos días también hicieron que nuestro rastro se enfriara. Los agentes que habían estado acampando en los principales lugares de transporte pensarían que hacía tiempo que nos habíamos marchado.

O eso esperaba.

CAPÍTULO 14

BRIANNA

Me paseaba de un lado a otro, intentando reunir el valor necesario para llamar a mi padre. Una vez saliéramos del motel, prácticamente abandonaríamos la civilización. No había garantías de que los teléfonos que Militza nos había proporcionado siguieran funcionando cuando llegáramos a la cabaña en la que permaneceríamos los siete días que faltaban para que llegara el barco de rescate.

Alkor se había ofrecido a concederme algo de intimidad mientras hablaba con mi padre, pero le pedí que se quedara. Una parte de mí necesitaba su fuerza cerca de mí. La otra parte de mí temía que se sintiera decepcionado al verme desmoronarme y convertirme en un completo desastre emocional.

Ya había marcado tres veces el número y había colgado en vez de pulsar el botón de llamada. No era una niña. Ya no lo era. Podía hacerlo. Necesitaba hacerlo. Respiré hondo y mis ojos se encontraron con los de Alkor. Sonrió alentadoramente y asintió. Tragué saliva, marqué el número y pulsé el botón de llamada con dedos temblorosos. Se me hacía un nudo en el estómago con cada llamada, temiendo y esperando que no descolgara.

Al cuarto, contestó.

—¿Hola? —respondió la voz de mi padre, con la curiosidad que le producía no reconocer el número.

Desde la muerte de Mamá, el círculo de amigos de mi padre se había reducido considerablemente a medida que él se aislaba cada vez más. Cuando conoció a Merryl, ella se convirtió en el centro de su universo, y su también limitado círculo de amigos pasó a ser el suyo.

—Hola, Papá —dije, gratamente sorprendida por lo estable que sonaba mi voz.

—¡Calabacita! —exclamó Papá, visiblemente atónito—. No había reconocido el número. ¿Todo bien?

Al instante sentí que me invadía una oleada de amargura.

—¿Tiene que pasar algo para que una hija llame a su padre? —dije con un tono algo más duro de lo que pretendía.

—No, claro que no —respondió a la defensiva—. Solo que no es habitual que llames por capricho. Me preocupé, eso es todo. Entonces... ¿Cómo estás?

Me mordí el labio inferior. No era así como había planeado empezar la conversación.

—Estoy bien. Muy bien —dije con la voz más suave que pude invocar—. Yo... Ahora mismo están pasando muchas cosas en mi vida. Cosas maravillosas.

—¿Ah, sí? —dijo mi padre, aunque sonó más educado que realmente interesado.

—Como recordarás, conocí a alguien.

—Sí, sí. Eso está muy bien —dijo con el mismo tono distraído.

—Eso está muy bien —repetí yo, con la amargura filtrándose de nuevo en mi voz—. Sabes, la mayoría de los padres ya me estarían interrogando con miles de preguntas. ¿Cómo se llama? ¿A qué se dedica? ¿Cuál es su religión? ¿Quiénes son sus padres? ¿A qué se dedican? ¿Dónde vive? ¿Dónde le conociste? Ya sabes, las cosas que preocupan a los padres cuando les importa una mierda su hija.

—¡Oye, jovencita! ¡Cuida tu lenguaje! ¡Te he educado mejor que eso! —exclamó mi padre.

Algo dentro de mí estalló.

—No, Papá, no me has criado mejor que eso. De hecho, no me criaste en absoluto porque estabas demasiado ocupado castigándome por parecerme demasiado a Mamá —grité—. ¡Yo también la perdí! Los perdí a los dos aquel día. ¡Más te hubiera valido morir, porque no ha cambiado nada!

Me tapé la boca con la mano, sorprendida por las palabras venenosas—pero ciertas—que salieron de mi boca. Un pesado silencio me respondió, el sonido de mi propia respiración rugiendo en mis oídos. Con el corazón palpitante, esperé a que mi padre dijera algo, lo que fuera, aunque fuera para gritarme.

—Lo siento. No debería haber dicho eso —tartamudeé cuando el silencio se prolongó—. ¿Papá? ¿Papá? Por favor, di algo. No quería decir eso.

—Sí, sí querías —contestó por fin con voz cansada—. Y tienes razón. No podía soportar mirarte. Me dolía demasiado. Aún no puedo.

El corazón casi se me rompió dentro del pecho y los ojos se me llenaron de lágrimas. Sin mediar palabra, Alkor se colocó detrás de mí y me rodeó la cintura con los brazos. Temblorosa, me apoyé en su fuerte pecho, necesitando cada gramo de su fuerza.

—Te fallé como padre, Brianna —dijo mi padre, con la voz temblorosa por las lágrimas reprimidas—, pero nunca fue culpa tuya. Siempre fue mía. Tu madre lo era todo para mí. Han pasado veinte años, pero sigue doliendo tanto como aquel día. Sarah siempre había sido la fuerte, y tú también lo eres.

Se me estrechó la garganta hasta el punto de que apenas podía aspirar aire. En todos estos años, mi padre solo me había mostrado una fachada educadamente fría y distante, nunca este hombre profundamente emocional, herido y roto.

—Nunca quise hacerte daño, Brianna. Eres y siempre serás

mi calabacita. Te quiero. Siempre te querré. Pero te hice más daño estando cerca que lejos de ti. No por nada que hayas hecho, sino porque soy débil —Mi padre respiró entrecortadamente cuando me oyó resoplar a través del teléfono—. No llores, calabacita. Por favor, no llores. No te he preguntado por tu novio porque me avergüenza haberte fallado, porque pienso en ti caminando hacia el altar y en cómo tendrías un aspecto angelical, exactamente igual que Sarah y... y...

Oír llorar a Papá por teléfono me destrozó. En todos aquellos años, resentida con él por haberme abandonado, nunca me había dado cuenta de hasta qué punto la muerte de Mamá había devastado a mi padre, incluso hasta el día de hoy. Había pasado tanto tiempo resentida con Merryl por robarme su afecto y por esforzarse tanto en borrar su recuerdo de Mamá. Ahora, en realidad, sentía lástima por ella. Qué horrible debe de ser estar casada con alguien a quien amas—y nunca dudé del amor de Merryl por mi padre—sabiendo que su corazón siempre pertenecería a otra, ahora más allá de la tumba.

—Te perdono, Papá —dije, secándome las lágrimas con el dorso de la mano—. Hiciste lo que pudiste, y yo no salí tan mal parada. Así que algo hiciste bien —dije riendo entre lágrimas—. Te quiero, Papá. Y... me alegro de que por fin hayamos hablado de esto. Creía que me odiabas.

—Oh Bri... ¡Nunca! ¡Nunca, cariño! —exclamó mi padre—. Eres mi niña.

—Tu niña ya mayor —dije, sonriendo a través de las lágrimas—. Papá... Me voy a ir durante mucho tiempo —dije, recapacitando—. Probablemente sea la última vez que hablemos.

—¿Qué pasa, Bri? ¿Tienes problemas? —preguntó Papá, con la preocupación sustituyendo a la tristeza—. ¿Es por ese tipo? No estará en una especie de secta, ¿verdad?

Me eché a reír.

—No, Papá. Definitivamente, Alkor no está en una secta. Y

si lo estuviera, dudo que me hubiera dejado llamarte para avisarte.

—Pero es él quien te lleva, ¿no? —insistió Papá.

Por mucho que me preocupara su indiscreción, me aliviaba un dolor profundo en el alma. Le había oído decir que me quería, y le creía. Pero en este caso, sentí su cariño; tenía a mi padre de vuelta.

—Sí. Me lo pidió y me dejó la elección a mí. He *elegido* irme con él. Nada me ata aquí, y él es increíble para mí.

—Déjame hablar con él —me susurró Alkor al oído.

Dudé un segundo antes de asentir.

—Quiere hablar contigo —me apresuré a decir a mi padre y le pasé el teléfono a Alkor sin esperar su respuesta.

Me zafé de su abrazo y me volví hacia él. Con los ojos fijos en su rostro serio, me mordí el labio inferior y me retorcí las manos con ansiedad. Alkor puso el teléfono en el altavoz.

Demasiado para querer que Papá se inmiscuyera en mis asuntos.

—Hola, Sr. Brent —dijo Alkor, con una voz de repente más grave, como cuando se convertía parcialmente en piedra—. Mi nombre es Alkor Drayvus, el compañero de vuestra hija.

Se hizo el silencio. Se me hizo un nudo en el estómago y mi ansiedad se disparó. Lancé una mirada preocupada a Alkor, que me sonrió tranquilizadoramente.

—Conozco esa voz... —susurró por fin mi padre, sonando a medio camino entre el asombro y el miedo.

—Así es —reconoció estoicamente Alkor.

Desconcertada, le alcé una ceja interrogante. Me acarició la mejilla, pero no hizo ningún otro comentario.

—Fuisteis vos... Aquella noche, fuisteis vos —dijo mi padre.

—Sí.

Insistió mi padre.

—Con los ojos dorados y las... las...

—Sí —volvió a repetir Alkor.

Mientras Papá exhalaba una respiración estremecedora a través del teléfono, mi sangre se convirtió de repente en hielo.

¡Lo sabía! Dios, todos estos años, ¡sabía que no había aluci-nado con la gárgola!

—Habéis vuelto por ella... por mi niña, ¿verdad?

—Nunca me fui —dijo Alkor con la misma voz neutra—. Sin embargo, ya es hora de que regrese a casa con mi gente. Pero ningún lugar será nunca un hogar sin Brianna a mi lado.

Se me hizo un nudo en la garganta y me apreté contra él. Me rodeó el hombro con el brazo y me besó suavemente la frente.

Ya no sabía qué pensar, ni cómo sentirme. En los meses que habían seguido al accidente, Papá había hecho todo lo posible por convencerme de que me había imaginado a la criatura alada que nos había salvado. Había insistido en que los demonios no salvaban a la gente, sino que la mataban. Si seguía contando locuras, los médicos me meterían en el manicomio con todos los demás locos. Había tenido razón, por supuesto. Si hubiera dicho a la policía que una criatura con aspecto de demonio nos había sacado de entre los escombros, habría acabado en el manicomio conmigo a su lado.

—¿Es... es eso el pago por...?

—¡NO! —exclamé—. No, Papá. Alkor me dio a elegir. Me voy con él por voluntad propia. Me hace más feliz que nunca.

—La felicidad de Brianna es primordial para mí —dijo Alkor con suavidad—. Llevármela por la fuerza frustraría ese propó-sito. Por no mencionar que mi pueblo me ejecutaría por cometer un crimen tan terrible.

Mi padre volvió a exhalar ruidosamente. Me dolía el corazón por él, por nosotros. A pesar de la distancia que nos separaba, volver a verle siempre había estado a un corto vuelo de distancia. No habría más oportunidades en el futuro.

—Vos... la protegeréis, como hicisteis aquel día, ¿verdad? ¿Mantendréis a salvo a mi bebé?

—Con mi vida. Ahora y siempre —prometió Alkor—. Yo, Alkor Drayvus, os lo juro, Sr. Brent.

—¿Cuándo...? ¿Cuándo os vais? —preguntó Papá, con la voz vencida.

—En cuanto colguemos, nos dirigiremos al punto de encuentro donde nos recogerá su gente —dije, permaneciendo imprecisa por el bien de todos.

—Te quiero, calabacita. Lo siento...

—No lo sientas. Tú me hiciste la mujer fuerte que soy hoy. Yo también te quiero, Papá. Prométeme que serás feliz.

—Solo si tú me prometes lo mismo.

—Te lo prometo —dije con una risita llorosa.

—Adiós, Sr. Brent —dijo Alkor.

—Adiós, hijo —dijo Papá—. Gracias por salvar a mi niña. Por salvarnos.

—Ha sido un honor —respondió Alkor.

—Adiós, calabacita. Dedícale a tu viejo un pensamiento de vez en cuando.

—Lo haré. Te quiero, Papá.

—Te quiero.

Cuando faltaban siete días para la llegada del rescate, salimos del motel en un coche de alquiler sin conductor. La luna tintada nos permitió completar las siete horas y media de viaje hasta Footner Lake con nuestro aspecto normal, evitando así gastar energía tanto en el traje de Alkor como en el filtro de percepción. Solo cuando nos acercamos a la gasolinera de High Level, a poca distancia del aeropuerto de Footner Lake High Level, él activó el camuflaje de su armadura mientras yo activaba mi disfraz masculino. Me detuve para llenar el depósito, y abrí la puerta del pasajero para que Alkor saliera sigilosamente antes de fingir que limpiaba un desastre en el salpicadero.

Aunque no podía verle, voló junto al vehículo hasta que llegué a mi destino.

—Hola, soy el Sr. Peters. Tengo una reserva —dije en voz alta, probando mi voz masculina por última vez en el coche.

Con el estómago revuelto por el estrés, manoseé con cuidado el modulador de voz que llevaba en la garganta. Un jersey negro de cuello alto lo ocultaba por si necesitaba desactivar mi disfraz. Respirando hondo, tomé la bolsa de viaje de cuero negro que Alkor había comprado en la ciudad y salí del coche. Me acerqué al mostrador de National Car Rental y les entregué las llaves para que las inspeccionaran. Para mi alivio, el empleado no pareció encontrar nada raro en mí.

Entré en la terminal del aeropuerto, pagué el billete y me llevaron al lago, a poca distancia, donde me esperaba mi hidroavión. Odiaba no tener a Alkor a mi lado, pero esta vez, al tener la mano libre, me envió un mensaje de texto para decirme que todo iba bien mientras esperaba para subir al avión.

Ya me sentía cansada después de aquel largo viaje en coche, y temía quedarme dormida durante el vuelo de menos de dos horas a Virginia Falls Waterdrome, en los Territorios del Noroeste. Afortunadamente, la impresionante vista de la indómita naturaleza canadiense me mantuvo con los ojos bien abiertos. El piloto, un hombre encantador de unos cuarenta años, también hizo de guía turístico durante el vuelo. Cuando aterrizamos, me eché en cara todas las maravillas de mi propio país que nunca me había tomado la molestia de descubrir, demasiado ocupada estando... ocupada.

Y ahora nunca tendría la oportunidad de volver a verlas.

Tras un vuelo sin incidentes, bajé del avión, hambrienta, con ganas de una ducha y una cama caliente donde acurrucarme junto a mi hombre. Pero aún no habíamos llegado. Para mi alivio, el Sr. Murdock, el propietario de la cabaña que habíamos reservado en el Parque Nacional de Nahanni, ya estaba allí, esperando cerca del waterdrome, a pesar de nuestra llegada un poco temprana. Me llevó a la cabaña, situada a apenas treinta minutos en coche.

Esta zona era increíble. En otras circunstancias, me habría encantado pasar algún tiempo haciendo senderismo y acampando aquí con Alkor. El Sr. Murdock me hizo un rápido recorrido por la cabaña de tres dormitorios, con su gran patio de madera en la parte delantera que daba al lago y una vista increíble de la naturaleza.

Naturalmente, se extrañó de que yo estuviera aquí arriba sola en este lugar tan grande, sin medios de transporte. Fingí ser una escritora que necesitaba desesperadamente aislarse para terminar una novela con la que había estado luchando antes de final de mes. A petición mía, había llenado la nevera y los armarios con comida suficiente para algo más de una semana. Acordamos que volvería el 1 de noviembre para visitar las instalaciones y llevarme de nuevo al síndrome acuático. A pesar de su amabilidad, no pude sentirme más aliviada cuando por fin se marchó.

En cuanto su coche empezó a alejarse, los brazos de Alkor se cerraron a mi alrededor y su camuflaje se desactivó.

—Lo hemos conseguido —susurré.

—Lo hemos conseguido —repitió, acariciándome el cuello.

—¿Has visto a alguien? —pregunté.

—No. Nadie nos ha seguido y no he encontrado agentes merodeando cerca. Seguiré comprobándolo cada día, pero por ahora parece que estamos a salvo.

—De tus labios a los oídos de Dios —dije, dándome la vuelta en su abrazo—. Siete días. Siete días y por fin habrá terminado.

—Siete días y te llevaré a tu nuevo hogar —dijo Alkor antes de capturar mis labios.

CAPÍTULO 15
ALKOR

O bservé a Brianna dándose un chapuzón en el lago, con el estómago retorciéndose de ansiedad. A los Khargals no nos iba bien en el agua; nos hundíamos como rocas. Mientras ella se deslizaba sin esfuerzo por el agua, volvieron a la superficie imágenes enterradas durante mucho tiempo en mi memoria. Mis compañeros de tripulación magullados, maltrechos y los gravemente heridos por el choque, luchando contra la violenta corriente que intentaba arrastrarnos a la muerte. Tantas vidas desperdiciadas.

Habían pasado cinco días desde nuestra llegada. Cinco días de paz. Cinco días de ansiosa espera. Mis instintos se habían ido agitando cada vez más, la sensación de fatalidad inminente pesaba sobre mí.

La calma antes de la tormenta.

Sin embargo, llevaba diciéndolo desde nuestra llegada, y no había ocurrido nada. Tal vez le estaba dando demasiadas vueltas a las cosas, como siempre. Y sin embargo...

No oculté mi alivio cuando solo unos segundos después de entrar—aunque me parecieron eternos—Brianna salió del lago, como una ninfa acuática. Se pavoneó hacia mí, con el pelo oscuro pegado a los hombros. Corrí hacia ella con una toalla, odiando que se hubiera metido en aguas tan frías, aunque solo fuera un segundo. Pero tenía la manía de que los finlandeses pasaban de la sauna al frío y luego volvían a la sauna. Aquí no teníamos ninguna, solo un jacuzzi en el otro extremo del patio, del que ella acababa de salir hacía unos instantes.

Brianna aceptó encantada la toalla y me dio una palmada en el trasero antes de volver corriendo al jacuzzi. Con el sol poniéndose ya en el horizonte, me sentía un poco menos preocupado por andar por ahí sin el disfraz puesto, sobre todo teniendo en cuenta que había hecho otra patrulla perimetral solo unos momentos antes. Aún me preocupaba que estuviéramos a una distancia relativamente corta del waterdrome. Pero al menos, cualquier coche que condujera hasta aquí sería fácil de detectar.

Ayudé a mi hembra a entrar en el jacuzzi antes de unirme a ella. Cualquier duda de que mi *dassa* había mejorado a Brianna se había desvanecido desde nuestra llegada a los Territorios del Noroeste. A pesar de haber crecido en Montreal, donde los inviernos podían ser bastante duros, a mi mujer nunca le había gustado demasiado el frío, poniéndose capas y capas de ropa a la primera señal de viento fresco. Pero ahora, al igual que yo, el frío apenas parecía molestarla. Aquel chapuzón en el río debería haberla puesto azul en cuestión de segundos, pero el agua helada apenas la había rozado.

Aun así, había sido suficiente para que se le endurecieran los pezones y se le tensaran los turgentes pechos. Cuando me senté a su lado en el jacuzzi, mi cola rodeó su rodilla, abriéndole más la pierna antes de recorrer el interior de su muslo. Brianna separó los labios. Me reí al ver cómo miraba mi cola con recelo.

Hasta ahora, nunca la había puesto en juego. Pero nuestra conversación con su padre y los últimos cinco días juntos en lo que podría haberse considerado un retiro de amantes, me habían dado la seguridad de que realmente le importaba y me quería con todas mis diferencias. La gratitud y el culto al héroe no impulsaban su deseo de estar conmigo.

Aun así, mis hombros se tensaron al ver su reacción mientras mi cola se abría camino hasta la costura de su coño, con la punta redondeada acariciando su raja en un lento movimiento ascendente y descendente. Inhaló con fuerza y los músculos de su vientre se contrajeron. Sus ojos azules se oscurecieron cuando aceleré el movimiento de mi cola y mi palma derecha se cerró en torno al turgente globo de su pecho izquierdo. Atraje su rostro hacia el mío con la mano libre en la nuca y la besé apasionadamente. Ella gimió y abrió más las piernas para permitirme un mayor acceso.

Aceptando de buen grado la invitación subyacente, introduje la punta de mi rabo en su interior. Aunque de menor grosor que mi polla, penetré a Brianna con cuidado para no hacerle daño. Jadeó y me tragué su siguiente gemido, solo para emitir uno propio cuando sus delicados dedos rodearon mi pene. Rompiendo el beso, mis labios recorrieron su mandíbula hasta el delicioso lóbulo de la oreja, que chupé con avidez. Aceleré el movimiento de mi rabo dentro de mi mujer, intentando ignorar el fuego que crecía en mi ingle con cada caricia de su mano sobre mi polla.

Solté su pecho y metí la mano entre sus piernas, frotando con mis dedos su clítoris hinchado. Ella gritó, arqueando la espalda contra el lateral del jacuzzi. Mis glándulas de apareamiento se hincharon y no me contuve, acogiendo con gusto el flujo ardiente de mi *dassa* que se extendía por mí.

Me dolían los colmillos por la necesidad de inyectar mi esencia a mi hembra. Morder no era necesario para unirnos a nuestras compañeras. Mi *dassa* se mezclaba con todos mis fluidos corporales. Pero el impulso de morder había sido un rasgo hereditario en mi familia y no era infrecuente en muchas otras líneas de sangre. Y ahora, cuando mi compañera se acercaba al límite, hundí mis colmillos en la tierna carne de su hombro, inyectándole mi *dassa* en su forma más pura, haciéndola caer en un torbellino de éxtasis. Mientras gritaba mi nombre y su cuerpo se estremecía con espasmos de placer, yo me deleitaba en el dichoso placer del mordisco.

Cuando Brianna empezó a bajar de su subidón, saqué mi cola y, atrayendo a mi mujer hacia mi regazo, la empalé en mi polla. Apretando los dientes ante la exquisita estrechez de su vaina, que me apretaba por todos lados, apreté su esbelto cuerpo contra el mío, acariciando su suave piel mientras ella se adaptaba a mi grosor. Nuestros labios volvieron a encontrarse, y ella se estremeció cuando el hormigueante calor de mi *dassa* invadió su boca. Tenía la intención de renovar ese vínculo a menudo, para fortalecerla y alargar la vida de mi compañera hasta igualarla con los 1600 años que aún me quedaban de vida.

Empecé a bombear dentro y fuera de ella, siseando de placer mientras mi compañera me arañaba la espalda y me mordisqueaba el pecho y los hombros. Cada uno de sus suaves mordiscos enviaba rayos de lujuria directamente a mi entrepierna. Brianna había empezado a hacer eso desde que nos habíamos unido. No creo que se diera cuenta, sin duda actuaba siguiendo un instinto que había heredado de mí. Quería que apretara más los dientes, y ella también había empezado a hacerlo inconscientemente. Sus uñas se habían endurecido y me producían un ardor delicioso cada vez que las deslizaba a lo largo de mi columna vertebral. Con el tiempo, creí que desarrollaría garras retráctiles como las mías.

El agua burbujeaba y salpicaba a nuestro alrededor mientras yo aumentaba el ritmo. Su piel ardiente al rozarse con la mía también se endureció ligeramente, aumentando la sensación en cada una de mis terminaciones nerviosas. Brianna nunca desarrollaría del todo una piel de piedra como la mía, pero ya veía que alcanzaría niveles parciales tanto con fines defensivos como placenteros. Unos cuantos bombeos más tarde, mi compañera se derrumbó, arrastrada por otro orgasmo. Mi liberación me invadió cuando sus paredes internas se cerraron sobre mi polla. Mi semilla estalló, y el ardiente gozo de mi *dassa* se derramó en mi mujer, potenciando su clímax y uniéndose a su ADN. Pronto, Brianna sería completamente compatible conmigo.

Y, si Lar quería, pronto mi semilla echaría raíces.

~

Mis ojos se abrieron bruscamente segundos antes de que sonara la alarma de proximidad de mi sistema de vigilancia perimetral. La sensación de fatalidad inminente me había sacado de mi *duramna*. Salí de mi forma de piedra y me acerqué a Brianna, que seguía profundamente dormida en la cama a mi lado. Se despertó sobresaltada, y le hice un gesto para que se callara y se vistiera. Con los ojos abiertos de miedo, asintió y se levantó rápidamente de la cama. A pesar de mi preocupación, sonreí internamente, viéndola moverse por la habitación en silencio y con eficacia, sin darme cuenta de que no había encendido la luz; mi compañera ya no la necesitaba.

Habiendo tomado la costumbre de dormir con la armadura completa, metí los pies en las botas, un regalo de Lana que las había hecho especialmente para replicar las mías anteriores, que se habían hecho pedazos tras décadas de uso. Aunque los pies de los Khargals no parecían radicalmente distintos de los de un humano, los zapatos normales no se ajustaban a nuestra mayor anchura.

Tomé mi tableta conectada a los detectores de movimiento, que había configurado para que ignoraran a los ocasionales animales salvajes que merodeaban por las inmediaciones de la cabaña. Un rápido vistazo a mi pantalla mostró a cinco intrusos. Se habían creído astutos al acercarse sigilosamente desde el bosque situado detrás de la casa en lugar de subir por la carretera.

—Quédate dentro —le susurré a Brianna con aquella voz de oído infrahumano, más agradecido que nunca de que pudiera percibirla. Aunque los hombres aún estaban a cien metros de la casa, podían tener algún dispositivo de escucha de largo alcance.

—¡Alkor, no salgas! —suplicó.

—Es mejor que elimine a los que están aislados que tener que enfrentarme a los cinco juntos —dije en tono apremiante, deseoso de llegar a ellos antes de que llegaran a nosotros—. Tendrán armas y posiblemente esos dardos somníferos de nuevo. Si me atrapan, estamos los dos perdidos —La besé, acallando los argumentos que surgían en sus labios—. Prometo volver —dije antes de ponerme en modo sigilo y salir rápidamente por la puerta del patio.

Cerré la puerta tras de mí y convertí las capas externas de mi piel en piedra, tanto como protección adicional contra proyectiles como para hacerme invisible a los infrarrojos en caso de que los utilizaran. El peso adicional afectó inmediatamente a mi destreza y velocidad. Volando por el lateral de la casa y adentrándome en el bosque, mi visión mejorada me permitió enfocar a uno de los dos hombres, algo aislado. Entre los cinco, reconocí a Stephen y a Daniel junto a un tercer hombre que no conocía. Los otros dos hombres que flanqueaban los laterales tampoco me resultaban familiares.

Como un ave rapaz, me abalancé sobre el hombre de la izquierda, rompiéndole el cuello de un volantazo. Se desplomó en el suelo, muerto, sin darse cuenta de lo que le había ocurrido. Planeando hacia el lado opuesto, pretendía repetir la misma táctica con el otro hombre aislado, pero una especie de pájaro, que también descendía en picado directamente en mi trayectoria, chocó contra mi ala. Su grito de pánico atrajo la atención de mi presa prevista, que vio cómo el pájaro caía sobre la plataforma invisible de mis alas desplegadas. Por instinto, el humano se agachó, momentos antes de que mis manos pudieran alcanzarle. Frustrado, cambié mi piel de piedra por velocidad y volé una corta distancia antes de dar media vuelta. Todavía un poco aturdido, el pájaro se recuperó y echó a volar justo cuando mi objetivo empezaba a correr hacia sus compañeros, dando la alarma.

Batiendo las alas con fuerza, descendí y las desplegué. Ajustándome a su altura, pasé volando junto a él, y el borde afilado de la parte superior de mi ala lo decapitó limpiamente. Con un grito enfurecido al ver a su camarada caído, Stephen y Daniel se precipitaron hacia la cabaña mientras el acólito que les quedaba disparaba dardos contra mí. Rodé fuera de su trayectoria, levantando la muñeca delante de mí, el escudo de energía rectangular se formó justo a tiempo para bloquear los siguientes que disparó en una andanada continua, con pistolas de dardos en ambas manos. Mi escudo parpadeó, los devastadores efectos de los dardos contra él lo deshicieron rápidamente.

Sin dejar de volar, salí disparado hacia él, arrancándole las armas de las manos con mi escudo. Sin aminorar la marcha, le agarré por la parte posterior de la camisa. A pesar del dolor que sin duda sentía en la mano—que, por lo que yo sabía, podía estar rota, dada la fuerza del golpe—intentó agarrarse a mi antebrazo, gritando mientras yo ganaba altura y daba la vuelta a la cabaña. Mi escudo se derrumbó por completo cuando me acerqué a la cabaña. Me invadió una furia ciega cuando Daniel utilizó una silla de jardín para romper las puertas francesas, mientras Stephen forzaba la cerradura de la puerta principal con algún tipo de herramienta especial.

Con un rugido, lancé al hombre con todas mis fuerzas en dirección general al río y me lancé hacia la casa, mientras ambos hombres cargaban hacia el interior. El grito medio asustado, medio enfurecido de Brianna me heló hasta los huesos. Aterricé en el porche justo a tiempo para ver a mi compañera blandiendo un largo bastón de madera contra Stephen con una velocidad y una fuerza sobrehumanas que le obligaron a retroceder mientras intentaba protegerse de los implacables golpes.

Daniel corrió hacia ella, con la pistola de dardos levantada con la mano izquierda, la derecha inutilizada por una tablilla en el dedo—la fractura, sin duda, resultado de nuestro encuentro en el Belvedere. Cargué contra él y lo estampé contra la pared. Aprovechando la momentánea distracción de Brianna al verme, Stephen desarmó a mi compañera antes de propinarle un golpe. Volví a rugir y levanté el puño para aplastar la cara de Daniel justo cuando algo afilado me punzó el costado izquierdo. Mi puño hizo un agujero en la pared de ladrillo junto a la chimenea mientras Daniel se agachaba, preparándose para dispararme de nuevo. Golpeé con el puño su muñeca, rompiéndosela, y le arranqué el dardo incrustado justo encima de la cadera. Me maldije por no haber vuelto a convertir mi piel en piedra, pero eso me habría hecho demasiado lento.

Ignorando el cosquilleo que se extendía lentamente por mi costado derecho, golpeé la cabeza de Daniel contra la pared medio rota, abriéndole la parte posterior del cráneo. Sus ojos se pusieron en blanco y cayó al suelo. El gruñido de dolor de Stephen me hizo girar la cabeza hacia él. Sacudió la mano como si se hubiera hecho daño. Brianna lanzó un puñetazo en su dirección. Él lo esquivó e instintivamente le devolvió el puñetazo, conectando sólidamente con su mejilla izquierda. El agente gritó y retrocedió a trompicones, llevándose la muñeca al pecho. La cabeza de mi mujer apenas se había sacudido por el impacto, y su suave piel había adquirido el tinte grisáceo de la piedra, aunque no toda su textura.

¡Mi hermosa compañera!

Con un grito de rabia parecido a un grito de guerra, Brianna se lanzó sobre Stephen. Él intentó apartarla, pero ella le acercó la mano a la cara. En lugar de la represalia que yo esperaba y que pretendía interceptar, Stephen retrocedió a trompicones y su mano buena voló hacia su cuello. Observé con mórbida fascinación cómo la sangre de su vida brotaba de él. Gruñendo, Brianna le dirigió una mirada dura y despiadada. En ese instante, podría haber estado imitando a mi madre: una auténtica diosa guerrera a la que el enemigo había cometido la estupidez de subestimar.

Con los ojos vidriosos, Stephen cayó de rodillas antes de desplomarse hacia un lado. Cuando sus niveles de adrenalina descendieron y la furia de la batalla desapareció de su organismo, Brianna parpadeó y se alejó un par de pasos de su víctima. El horror se apoderó de sus facciones al darse cuenta de lo que había hecho.

—Te defendiste, mi compañera —dije, luchando contra la fatiga que amenazaba con apoderarse de mí—. Eras tú o él. Tú no lo provocaste. Fue él.

Me coloqué frente al cadáver de Stephen, rompiendo su campo de visión. Brianna me miró, con el cuerpo tembloroso. La estreché entre mis brazos y acaricié el pelo de mi compañera, con la suave piel de sus mejillas—que habían vuelto a la normalidad—apretada contra mi pecho.

—Debemos irnos, mi amor —dije, con la mente nublada pensando a dónde podríamos ir. Faltaba otro día para el 31 de octubre, pero no podíamos quedarnos aquí.

—Enviarán refuerzos cuando no tengan noticias de ellos —susurró.

—Sí.

Algo en mi voz me había delatado. Brianna levantó la cabeza y me miró a la cara, con el ceño fruncido y una expresión más severa en sus suaves facciones.

—¿Qué ocurre? —preguntó. Se apartó de mí y me examinó de pies a cabeza—. ¿Estás herido?

—No estoy herido, pero uno de los dardos me alcanzó —admití a regañadientes—. No sé cuánto tiempo podré permanecer despierto. Estoy perdiendo la batalla. Tenemos que alejarnos de aquí todo lo posible antes de que me desmaye.

Sin mediar palabra, Brianna se dio la vuelta y se apresuró a tomar su bolsa, metiendo en ella los pocos objetos que aún le importaban, principalmente tecnología Khargal.

—Deben de haber venido en coche —dijo, corriendo hacia la cocina, fingiendo no ver los dos cadáveres en el suelo—. Puedo conducir mientras te recuperas.

Brianna empaquetó rápidamente algunas cosas para comer mientras yo rebuscaba en los bolsillos de los hombres en busca de las llaves. Ninguno de los dos las tenía. Recé a *Lar* para que el hombre al que había arrojado al río no las tuviera. Aunque hubiera caído al agua, la fuerza del impacto probablemente le habría dejado inconsciente, si no le habría roto los huesos. Ya se habría hundido en las profundidades o, más probablemente, se lo habría llevado la corriente.

Nuestra única esperanza residía en los otros dos hombres del bosque. En cuanto Brianna terminó de ponerse el abrigo, la tomé en brazos y volé hacia el primer hombre que había matado. Su cuello roto sería un espectáculo mucho menos horripilante que el que había decapitado. Para mi alivio, tenía las llaves. Teniendo en cuenta la frialdad de la noche, los hombres no habrían aparcado demasiado lejos. Volando en dirección al detector de movimiento que habían activado, inspeccioné el terreno, sin atreverme a volar demasiado alto por si me estrellaba. La droga me estaba debilitando demasiado deprisa, y aunque yo sobreviviría a la caída, mi compañera podría no hacerlo.

—Allá —dijo Brianna, tras un minuto en el aire.

Al principio no lo vi, con la vista nublada por los efectos de la droga, pero volé a ciegas en la dirección que ella señalaba. Al acortar la distancia, por fin distinguí la silueta del vehículo oscuro. Nunca me había sentido tan vulnerable e inútil, dependiendo de mi compañera para vigilar a otros enemigos potenciales que acechaban cerca.

Como todos aquellos años durante mi primer vuelo, mis alas se rindieron de repente, la cautela me abrumó. Brianna gritó mientras caíamos en picado hacia el suelo. Agarrándome a ella con fuerza, conseguí darnos la vuelta, aterrizando de espaldas con un fuerte golpe, pero transfiriendo parte del impulso a un giro. Nos detuvimos con poca gracia a casi diez metros del vehículo, que resultó ser una especie de minivan.

Brianna gimió de dolor al liberarse de mi abrazo.

—¡Alkor! ¿Estás bien? —preguntó, manoseándome frenéticamente en busca de heridas.

Asentí, con la cabeza pesada y la espalda dolorida. No quería pensar en lo que podría haber ocurrido si no hubiéramos descendido ya a tierra.

—Debo ir a recuperar los sensores —balbuceé, preguntándome si tendría fuerzas siquiera para llegar hasta allí.

—¡Ya no estás en condiciones de volar! —exclamó Brianna—. ¿Tienen tecnología Khargal?

—No, pero...

—Vamos a meterte en el coche.

—Pero…

—¡Alkor, vas a subir al puto coche! —siseó Brianna en un tono que no admitía discusión—. ¿A quién le importa si alguien los encuentra? Seguro que el Sindicato vendrá a limpiar los cadáveres para que las autoridades no vengan a husmear en su organización. Si la gente encuentra tus sensores, se preguntarán qué clase de friki paranoico los había montado, pero no les dará nada que la Tierra no deba tener. Apenas puedes mantenerte en pie, y más de esos locos podrían aparecer en cualquier momento. Mete el culo en la furgoneta, ahora mismo.

Los sensores no poseían tecnología Khargal, pero mi diseño era mucho más avanzado que lo que construían normalmente los humanos. Aun así, la probabilidad de que la persona que pudiera descubrirlos tuviera los conocimientos suficientes para darse cuenta de ello era mínima. Con mucha reticencia, admití la derrota. Retiré las alas y me apoyé en Brianna, que casi me arrastró hasta la furgoneta con una fuerza que no había tenido hace un par de semanas. Me desplomé en la parte trasera de la furgoneta, que contenía una especie de jaula, sin duda para contenerme si los agentes del Sindicato de la Rosa hubieran tenido éxito en su misión.

El sueño me reclamó justo cuando el vehículo se puso en marcha.

CAPÍTULO 16
BRIANNA

C onduje, a ciegas al principio, contentándome con seguir el camino que se alejaba de la cabaña y en dirección opuesta al waterdrome. Pero temiendo alejarme de nuestro punto de encuentro, detuve el vehículo el tiempo suficiente para utilizar el GPS de a bordo. Basándome en su historial, Stephen y sus hombres habían venido efectivamente del waterdrome. Odiaba no poder ver a Alkor, tumbado en la parte trasera en su forma de piedra, y no poder sonsacarle cuál era nuestro mejor curso de acción. Sin embargo, a una parte de mí le encantaba que esta vez fuera yo quien le salvara.

La furgoneta no era de alquiler. La jaula de la parte trasera había tardado un buen rato en instalarse, y todo parecía hecho a medida, no un trabajo rápido hecho en el último minuto. No me había tomado la molestia de comprobar la matrícula, pero no dudaba ni por un momento de que sería alterada o incluso robada. También apostaría a que el Sindicato de la Rosa tenía algún tipo de rastreador en el vehículo. Cuando Stephen y sus matones no se presentaran a tiempo, sus acólitos descenderían sobre nosotros como un enjambre de langostas.

Pensar en Stephen me retorcía las entrañas. Le había considerado un amigo durante tanto tiempo. E incluso después de lo que había hecho en el mirador, no le había deseado ningún mal. ¿Por qué no podían dejarnos en paz? No causábamos ningún daño. Solo queríamos marcharnos, irnos en paz. Y ahora... Ahora tenía sangre en mis manos y una muerte en mi conciencia. Alkor había tenido razón al llamarlo defensa propia, pero eso no cambiaba el hecho de que aquello me perseguiría probablemente durante el resto de mis días.

Me miré las uñas mientras aquella horrible escena se repetía en mi cabeza. Algo, una especie de instinto primario, se había apoderado de mí. Un exquisito placer-dolor había recorrido mi mano, una sensación de quemazón en las puntas de los dedos mientras mis uñas se alargaban unos dos centímetros, convirtiéndose en garras afiladas y puntiagudas. Con mente propia, mi mano le había cortado la garganta, eliminando la amenaza para mi compañero y para mí. Unos instantes después de salir de aquel extraño trance defensivo, mis uñas volvieron a su longitud normal. Aún me palpitaban las yemas de los dedos, aunque no era más que un dolor sordo y distante. Con el tiempo, probablemente ya no sentiría dolor cuando mis garras salieran o se retrajeran, como las de Alkor. En realidad, esperaba que en el futuro no hubiera ninguna razón para sacarlas nunca más. Bueno... quizá solo para abrir un sobre o cortar la cinta que envolvía un paquete.

Sacudiéndome aquellos sombríos pensamientos, decidí conducir hasta el final de la carretera más cercana a la dirección general de Gargoyle Ridge. A pesar de ello, aún nos quedarían más de 100 km por cruzar en avión, si no más. Los mapas en línea no me permitían calcular claramente la distancia entre esos dos lugares desconocidos, o al menos, no tenía ni idea de cómo hacerlo si tal cosa existía. Mientras nos acercábamos al final de la carretera, consideré nuestras opciones. Con otras veinticuatro horas de espera, sin equipo de acampada y sin un refugio adecuado, esta furgoneta podría albergarnos con relativa comodidad.

Pero el maldito rastreador...

Hacía rato que no había ni una sola residencia a la vista, aunque había pasado por algunos pequeños caminos de tierra que sin duda conducían a cabañas ocultas en el bosque. Estaba demasiado agotada para prestar atención al nombre de la señal junto a la carretera, pero parecía ser una especie de zona de pesca. Aún no había empezado a nevar, y probablemente no lo haría hasta dentro de un par de semanas. Consideré la posibilidad de conducir la furgoneta hacia el bosque, en lugar de dejarla a la vista en el aparcamiento vacío, pero eso atraería más sospechas de los lugareños que dejarla aquí. De todos modos, esperaba que nos hubiéramos ido mucho antes del amanecer.

Apagué el motor, salí del vehículo, me dirigí a la parte trasera de la furgoneta y me senté junto a Alkor, que seguía sumido en un sueño de piedra. Llevaba conduciendo una hora y veinte minutos. Ya sospechaba que el Sindicato de la Rosa se había enterado del fracaso de la misión. La pregunta era: ¿cuán cerca estaban los demás agentes? Recé para que no estuvieran aún en los Territorios del Noroeste. No habría vuelos disponibles en mitad de la noche, y conducir sería aún más largo que esperar a la mañana. Pero entonces, ¿y si...?

—Casi puedo oírte pensar —dijo Alkor, sobresaltándome.

—¿Estás despierto? —pregunté, sintiéndome tonta de inmediato por la respuesta tan evidente. Su piel volvió lentamente a la normalidad mientras se incorporaba, atrayéndome hacia su abrazo—. ¿Has descansado lo suficiente? La droga...

—Sí —dijo Alkor, tranquilizador—. Me despertaba cada vez que parabas el vehículo. En cuanto a la droga, Daniel solo me alcanzó con un dardo. Habría necesitado al menos un par de ellos para noquearme del todo. La *Duramna* hace maravillas para eliminar toxinas. ¿Cómo estás?

—Estoy bien. Me... me alegro mucho de que estés despierto —confesé, avergonzada por estar tan necesitada.

Alkor sonrió y me besó la frente. Estirando el cuello, miró por la ventana, probablemente para hacerse una idea de dónde estábamos. Se levantó, se encorvó para no golpearse la cabeza contra el techo, abrió la puerta lateral de la furgoneta y salió de un salto. Parecía ligeramente inestable sobre sus pies, pero no de forma alarmante. Volviéndose hacia mí, Alkor me tendió una mano para ayudarme a salir del vehículo.

A pesar de la frescura de la noche otoñal, no sentí frío. Debería haberlo tenido, pero el aire era fresco en el mejor de los casos. Otra bendición de la *dassa* de Alkor. Flexionó las alas, estirándolas mientras inhalaba profundamente. Contemplé asombrada su hermoso perfil, su fuerte cuerpo y su amado rostro. Mi salvador, mi compañero, mi increíble Khargal.

—El Sindicato vendrá a por su furgoneta —dijo Alkor, con naturalidad—. ¿Sigues bien con el frío?

Asentí.

—Sí. Estaba pensando en lo maravilloso que es que apenas lo sienta.

—Bien —dijo con una sonrisa de alivio—. Podríamos buscar una cabaña libre para pasar las próximas 24 horas, pero corremos el riesgo de que nos localicen. Seguro que podemos encontrar una cueva natural en las montañas donde refugiarnos hasta la hora de partida. No es el último día romántico que quería darte, pero al menos estaremos a salvo y fuera de su alcance.

—En realidad, pasar un día a la intemperie con mi hombre suena muy romántico —dije rodeándole la cintura con los brazos.

—Mi hermosa *Hondassa* —dijo Alkor con una ternura que me derritió por dentro.

Nos besamos, y sus alas se cerraron a nuestro alrededor. Durante los minutos siguientes, saboreamos el momento antes de soltarnos por fin.

Tomando uno de los teléfonos, Alkor llamó a Lana para ponerla al día, ya que una vez voláramos de aquí, probablemente ya no tendríamos señal. Aprovechó la ocasión para pedirle que utilizara parte de su patrimonio para compensar al propietario de la cabaña por los daños que había causado el Sindicato. Aquella consideración solo hizo que le admirara aún más.

Tras una última despedida, en la que nos deseó lo mejor a ambos, colgó, y yo recogí nuestra maleta de la furgoneta. Aunque me preocupé por él y por los efectos persistentes de la droga, Alkor me aseguró que estaba bien antes de despegar.

Aunque nunca lo admitiría, me había aliviado que prefiriera buscar un lugar mientras me llevaba en brazos en vez de volver a por mí una vez encontrado un sitio. Me habría pasado todo el tiempo asustada, viendo al coco en cada sombra y oyéndolo en cada sonido.

A medida que el viento nos azotaba, los bosques dieron paso a claros yermos, que pronto se elevaron hacia formaciones rocosas y luego montañas. De repente me di cuenta de que no había sentido las náuseas habituales provocadas por mi miedo a las alturas. De hecho, mi única inquietud provenía de la preocupación por mi compañero que, ciertamente, no mostraba signo alguno de debilidad. Agitaba las alas con fuerza y rapidez. Según él, volábamos a unos 90 km por hora, y al menos cien metros—o más—por encima del pico más alto.

Volamos durante más de una hora. Aunque intenté convencer a Alkor de que se detuviera y descansara, siguió adelante con una determinación inquebrantable, afirmando que se encontraba bien. Al final me di cuenta de que ya tenía un destino en mente. Efectivamente, tras más de noventa minutos de vuelo, empezó a dar vueltas alrededor de un pico concreto, buscando una cueva natural en la que refugiarnos. Tras unos cuantos fallos, por fin encontramos una de tamaño decente, aunque desde fuera solo parecía una pequeña brecha en la pared de la montaña.

—Sabes dónde estamos —dije al aterrizar, dejando caer la bolsa que me pesaba en las manos.

—Sí. Éste es el Pico Promontorio —dijo Alkor, crujiéndose el cuello y liberando la tensión de los brazos que me habían sostenido todo el tiempo—. Está a menos de quince minutos de vuelo del punto de recogida. Nada puede alejarnos de esa nave de rescate.

Se me llenaron los ojos de lágrimas cuando el estrés y el miedo, que habían sido mis compañeros constantes durante las dos últimas semanas, dejaron paso por fin al alivio.

—Gracias, Dios —dije arrojándome a los brazos de Alkor.

Me dolieron un poco las costillas cuando me abrazó, doloridas por su sólido abrazo durante el vuelo. Cuando apoyé la cabeza en su hombro, me invadió el cansancio. El sueño interrumpido por fin me estaba alcanzando. Sintiendo mi cansancio, Alkor me levantó en brazos y me llevó a la parte más seca del fondo de la cueva. A pesar de la completa oscuridad, pude ver perfectamente la losa de roca plana y elevada sobre la que se acomodó Alkor. Tumbado de espaldas, me echó sobre él para evitarme la dura superficie, y me cubrió con sus alas.

En cuestión de segundos, mis ojos se cerraron y el sueño me venció.

EPÍLOGO
ALKOR

B ajo el más claro de los cielos azules y los brillantes rayos del sol, me reí al ver a mi compañera retozando en la nieve. Había intentado construir un muñeco de nieve, pero la nieve resultaba demasiado polvorienta. La mitad de las bolas de nieve que me lanzó se deshicieron al lanzarse, rociando en su lugar su propia cara.

Después de dormir casi hasta el mediodía, Brianna había devorado parte de la comida que sabiamente había traído para nosotros. Cuando la rechacé y devoré parte de la abundancia de minerales y rocas que nos rodeaban, casi se le salen los ojos de la cabeza. Cuando le aseguré que probablemente ella no necesitaría comer piedras, a pesar de la *dassa* que la recorría, casi se desmayó de alivio.

Mi compañera era adorable.

Aunque teníamos regiones nevadas en Duras, la dureza de los climas de esas zonas raramente le permitiría disfrutar de un juego tan despreocupado en esa blancura esponjosa. Para mi alivio, aquella noticia no la angustió, pues Brianna nunca había sido muy amiga del frío y la nieve. Sin embargo, decidió aprovechar al máximo la oportunidad.

La noche llegó y pasó sin incidentes. Y, por fin, salió el sol en la mañana del 31 de octubre. Brianna se comió la comida que nos quedaba, haciéndome engullir los pocos trozos que ella no podía tragar. Finalmente, alzamos el vuelo, dando ligeros rodeos en nuestro camino hacia el punto de recogida para poder admirar por última vez el mundo natal de mi compañera, y el planeta que me había dado cobijo durante el último milenio.

—¿Eso es un Khargal? —preguntó Brianna, señalando una forma oscura en la montaña que había delante.

Justo cuando abrí la boca para responder, la forma desapareció en una lluvia de luces centelleantes. Mi corazón se aceleró y dirigí una silenciosa plegaria de agradecimiento a *Lar*.

—¿Qué...? ¿Qué pasó? —preguntó Brianna.

—Mi hermano acaba de ser teletransportado a la nave de rescate. Pronto lo conocerás —dije, incapaz de ocultar la emoción en mi voz.

Cuando completamos nuestra aproximación, una forma oscura en la distancia con una larga envergadura de alas se acercó volando, con una preciosa carga humana en sus brazos. Se me hizo un nudo en la garganta de emoción al ver a otro de los míos volviendo a casa con su *Hondassa*.

—El teletransporte puede resultar extraño —dije mientras aterrizábamos—. No te resistas. Estaré a tu lado.

—De acuerdo —dijo Brianna, con los ojos muy abiertos y el pulso acelerado en el cuello.

Nada más pronunciar aquellas palabras, la sensación de hormigueo que no había sentido en mil años se extendió por mí mientras unas luces danzantes nos rodeaban a mi compañera y a mí.

—Alkor —susurró Brianna, asustada.

Sus manos se apretaron en torno a las mías, y entonces la oscuridad nos tragó durante menos de un parpadeo. Las rodillas de Brianna se doblaron cuando reaparecimos en la plataforma de transporte. La tomé antes de que cayera al suelo. Aferrada a mí, mi compañera luchó contra las náuseas que le retorcían el estómago. Dos Khargals estaban ante nosotros, mirando a mi compañera con tensa curiosidad. Fruncí el ceño preguntándome qué estaba pasando.

Brianna se enderezó e inspiró profundamente un par de veces, controlando casi por completo los desagradables efectos del primer teletransporte. El Khargal de la derecha arrugó la cara en señal de disgusto, mientras que el de la izquierda sonreía a mi compañera, claramente complacido. Entonces me di cuenta de que los tontos habían apostado a que ella derramaría sus tripas por todo el suelo. Lo que significaba que otro de mis amigos rescatados ya había subido a bordo a una humana.

Mostré los colmillos a los dos guerreros para expresarles mi disgusto. Se pusieron en orden, sus ojos se abrieron de par en par al ver mis siete cuernos y mi uniforme.

—¿Co... Comandante? —preguntó el Khargal de la izquierda, borrando la sonrisa de su rostro.

—Drayvus —dije con voz severa—. Comandante Alkor Drayvus de la VV Keav.

Era curioso cómo la disciplina militar volvía a mí de forma natural, incluso después de tanto tiempo. Siempre había sido un poco estricto con el protocolo. Encontrar a aquellos dos haciendo apuestas a costa de mi hembra en plena misión de rescate me hizo sentir el impulso de apuñalarlos con mis espuelas alares. Suerte que no me informaron o les haría dar dos docenas de vueltas alrededor de la pista de carreras con la piel de piedra. Los novatos sin duda se habrían derrumbado por el peso en menos de dos vueltas.

Saludaron, repentinamente nerviosos por haber sido hallados faltos de disciplina.

—Bienvenido a casa, Comandante Drayvus —dijo el guerrero Khargal, que ya no sonreía—. Vuestra madre y vuestro padre se alegrarán mucho de que hayais regresado sano y salvo. Si tenéis la amabilidad de seguirnos, os escoltaremos hasta vuestros aposentos. Cuando os venga bien, una vez que hayáis descansado y refrescado, el Capitán Traver querrá reunirse con vos y... —su voz se entrecortó al mirar a Brianna.

—Y mi *Hondassa*, *Fa* Brianna Brent —completé por él.

Ambos hombres inclinaron ligeramente la cabeza en señal de respeto hacia Brianna. Aunque ella no entendió sus palabras, devolvió el gesto con una sonrisa nerviosa, adivinando con exactitud que la habían saludado. El guerrero sacó un pequeño aparato de la bolsa de su cinturón y me lo tendió. Aunque de modelo reciente, reconocí un aparato de traducción universal. Mi irritación inicial con el indisciplinado guerrero se disipó casi por completo. Asentí en señal de gratitud y lo guardé en uno de los bolsillos de mi armadura. Como a veces provocaba ligeros dolores de cabeza y mareos al usarlo por primera vez, esperaría hasta que hubiéramos llegado a nuestros aposentos antes de dárselo a Brianna para que pudiera comprender plenamente la lengua de mi pueblo. El guerrero hizo un gesto hacia la salida antes de ponerse en cabeza. Rodeando la cintura de mi mujer con el brazo, le seguimos, con el segundo guerrero detrás.

La cabeza de Brianna se movía de un lado a otro, con los ojos abiertos como platos, mientras contemplaba lo que la rodeaba. Los luminosos pasillos, construidos altos y anchos para acomodar el tamaño y la estatura de un Khargal, se curvaban en los bordes y ondulaban a lo largo. Les daba una sensación orgánica tan diferente de las paredes generalmente planas de la arquitectura humana. Incapaz de resistirse, mi mujer estiró una mano y acarició la textura ondulante.

—Es como una versión no espeluznante y brillante de un diseño de Giger —me susurró.

Yo no estaba del todo de acuerdo, pero podía ver algunas similitudes si se despejaba significativamente su diseño y se le daba un toque pacífico en lugar de sus habituales visiones de pesadilla.

Nos instalamos en el espacioso camarote que me habían asignado. A pesar de ser Comandante, aquel alojamiento superaba mi rango. No me quejé: mi compañera solo se merecía lo mejor. Tras una ducha rápida, Brianna se rio de mis gemidos cuando mis papilas gustativas prácticamente tuvieron un orgasmo con el primer bocado de comida Khargal. Mil *malditos* años sin probar el sabor de mi hogar. ¿Cómo no me había vuelto loco?

Aunque bastante anticlimática, la reunión con el Capitán Traver me dio, no obstante, la mejor de las noticias: la guerra había terminado. Que Brianna tuviera que adaptarse a nuestro duro mundo ya era suficiente sin tener que lidiar además con las tensiones de la guerra. La noticia no tan buena: debido a la distorsión espacial entre la Tierra y Duras, mientras aquí llevábamos mil años consumiéndonos, en casa solo habían pasado veinte. Esto significaba que ahora era físicamente algo más de cuatrocientos años mayor que mis padres.

Bansial nunca me lo perdonará.

A pesar de ello, los pensamientos sobre mi joven hermano me hicieron sonreír.

Reunirme con las otras dos docenas de Khargals rescatados, reunidos en la sala común de la nave, me conmovió hasta la médula. Había intentado mantenerme en contacto con el mayor número posible de ellos, pero a lo largo de los siglos, algunos habían entrado en *duramna* profunda durante mis tiempos de vigilia, solo para resucitar después de que yo mismo hubiera entrado en estasis. Pero ver a Tas fue lo que más me calentó el corazón. Temía que no hubiera sobrevivido a décadas de cautiverio en manos del Sindicato de la Rosa.

Sin embargo, el momento más emotivo resultó ser el encuentro de mi compañera con el otro puñado de hembras humanas que también habían decidido venir con sus parejas. ¿Quién iba a pensar que un tercio de nuestra tripulación superviviente encontraría a su *Hondassa* en lo que mi pueblo seguía considerando un planeta primitivo?

Aunque el Capitán Traver había mencionado la bienvenida

de héroes que nos esperaba en Duras, nada nos preparó para el desenfreno de fanfarrias que nos prodigaron los funcionarios del gobierno. ¿Cómo éramos héroes? ¿Sobreviviendo a un choque y esperando mil años a ser rescatados, limitando los casos de pisoteo de la Directiva Primaria? Rápidamente quedó claro que el gobierno, que se había hecho impopular entre el pueblo, nos estaba utilizando como un truco de relaciones públicas para renovar su imagen. Yo no tenía tiempo para esto.

Tras rechazar innumerables ofertas de títulos honoríficos entre los militares, prácticamente hui de la capital hacia el hogar ancestral de mi sire: la Aerie Drayvus. No todos los Khargals vivían en aeries, pues muchos habían optado por construir sus residencias directamente sobre el suelo. Brianna temía quedarse atrapada en la casa sin ayuda para subirla y bajarla. Pero no tardé en asegurarle que cada aerie disponía de un sistema de ascensores para acomodar a visitantes o ciudadanos no Khargals, así como a ancianos o Khargals heridos privados temporal o permanentemente de la capacidad de volar.

Mi familia había optado sabiamente por no acudir a la capital para nuestra llegada, pues de lo contrario nos habrían retenido durante días en el circo mediático en curso en lugar de permitirnos disfrutar de nuestro reencuentro en privado. Mi pecho se contrajo cuando mi mirada se posó en la fachada esculpida de la aerie que había sido mi hogar durante más de trescientos años. Esculpidas directamente en la cara de la montaña, las aeries solían diseñarse para fundirse con el entorno desde la distancia, ya que la escultura creaba una especie de ilusión óptica.

Mi respiración y mi pulso se aceleraron cuando la lanzadera militar de cortesía comenzó su descenso sobre la plataforma de aterrizaje situada en la parte trasera de la casa. Se encontraba a un tiro de piedra del saliente desde el que mi madre me había empujado para que realizara mi primer vuelo hacía tantos siglos. A través de las ventanas de la lanzadera, contemplé las siluetas altas, anchas y orgullosas de mi familia, que se acercaba, hasta que se detuvieron a una distancia segura. La mano de Brianna se deslizó entre las mías y me apretó en un gesto reconfortante. A pesar de sus propios miedos e inseguridades, mi compañera anteponía mi confusión emocional y mi bienestar.

No sabía qué había hecho para merecerla, pero mientras respirara, no pasaría ni un solo día sin que le diera las gracias a *Lar* por traerla a mi vida.

—Te amo, Brianna —le dije, atrayéndola hacia mí—. Has derretido este corazón de piedra y has traído alegría, propósito y esperanza a mi vida vacía. Prometo dedicar el resto de mis días a hacerte feliz.

Sus ojos se empañaron y me dedicó una sonrisa temblorosa.

—Yo también te amo, Alkor. Eres mucho más de lo que jamás podría haber deseado. Gracias por darnos la oportunidad de estar juntos, a pesar de todo.

Nuestro beso, tierno y lleno de devoción, fue rápidamente interrumpido por el aterrizaje de la lanzadera. En cuestión de segundos, el piloto, un joven guerrero llamado Tragan, se apresuró hacia la puerta y dio unos golpecitos en la interfaz de la pared situada junto a ella. El silbido de la rampa al descender fue seguido por el siseo de la puerta al abrirse.

—Bienvenido a casa, Comandante Drayvus, y a vos, *Fa* Brent.

Asentí distraídamente, sintiéndome ligeramente avergonzado por mi incapacidad para agradecer adecuadamente al joven soldado que había demostrado una disciplina y un cumplimiento del protocolo ejemplares. Pero yo solo tenía ojos para los míos. Tomando a Brianna de la mano, tanto para consolarla como para apoyarme a mí mismo, la conduje por la rampa hasta donde me esperaba mi familia. Mi dam no había envejecido ni un día. Sus seis cuernos, casi como una tiara sobre su cabeza, le daban el mismo aspecto regio que siempre le había atribuido. Pero la emoción vulnerable en su rostro, normalmente estoico y guerrero, logró romper mi fachada de neutralidad. Solté la mano de Brianna, abracé a mi madre y le di un fuerte abrazo, que ella me devolvió con la misma intensidad.

—Hijo mío —susurró—. Mi primogénito.

Se me llenaron los ojos de lágrimas al oír la voz amada que nunca había pensado volver a oír. Retraje mis alas mientras ella cerraba las suyas a mi alrededor. Había algo especial e incomparable en el poder del abrazo de una madre que te hacía sentir amado, querido y seguro.

—Nosotros también queremos un turno, hembra —dijo la áspera voz de mi progenitor.

No sabía cuánto tiempo habíamos aguantado mi madre y yo, pero no dudaba de que se había prolongado más de lo esperado. Con mucha reticencia, mi dam me soltó. Tras una última caricia sobre mis cuernos y mi mejilla, se apartó en favor de mi sire. Su abrazo era áspero y viril, como cabría esperar de un macho alfa. Pero el brillo excesivo de sus ojos delataba la profundidad de sus emociones.

Sheira, mi única hermana, casi empujó a mi sire para llegar hasta mí. Se rio y sacudió la cabeza con falsa desesperación. Durante mi ausencia, Sheira había alcanzado la edad adulta. Antes de que pasara una semana, me había retado a un par de duelos de sparring. Sheira siempre afirmaba que llegaría a General antes que yo. Ahora que había vuelto, estaba deseando reanudar aquella competición amistosa. Por ahora, sin embargo, estaba demasiado ocupado deleitándome en volver a conectar con mi *kher* y en limpiarle las lágrimas de la cara. Más adelante, me aseguraría de recordarle que había llorado de alegría con mi regreso.

Cuando Sheira me liberó, Galtan, solo un par de años mayor que ella, se quedó a cierta distancia para echarme un vistazo. Enarqué una ceja, preguntándome a qué venía aquello.

—Pareces viejo, hermano mayor. Quizá ahora deberíamos llamarte bisabuelo —dijo en tono burlón.

Mocoso descarado.

—Ya seas bisabuelo o hermano mayor, te pondré sobre mis rodillas —dije con naturalidad—. Ahora trae aquí tu escuálida cola y saluda a tu mayor como es debido.

Se rio y, acortando la distancia que nos separaba, me dio el mismo abrazo varonil que me había dado mi sire. Era el alborotador de la familia y yo esperaba con impaciencia sus travesuras.

Al levantar la vista por encima de su hombro, mi sonrisa melancólica se desvaneció cuando mi mirada se clavó en Marek, el segundo hijo. Me miraba con una mezcla de dolor, ira y traición. Al notar mi cambio de humor, Galtan me soltó de su abrazo y retrocedió un paso para mirarme inquisitivamente. Al darse cuenta de mi mirada, me siguió para ver qué había provocado mi reacción. En su joven rostro apareció la comprensión. Con una sonrisa comprensiva, me puso una mano en el hombro, me dio un apretón alentador y se apartó.

Marek apretó las manos espasmódicamente, inseguro de si quería acercarse a mí o darse la vuelta y marcharse enfadado. Me acerqué con cuidado y me detuve justo delante de él.

—Hola, *bansial* —dije con voz suave. Se estremeció al oír el apelativo cariñoso y arrugó la cara, luchando visiblemente contra unas lágrimas decididas a salir a borbotones—. Sé que he tardado mucho más de lo previsto, pero he vuelto, como te prometí. ¿No darás la bienvenida a casa a tu hermano?

No sé quién de los dos tomó al otro, pero segundos después nos abrazamos como dos Khargals ahogándose.

—No vuelvas a hacer eso —murmuró Marek, con los huesos faciales de su mandíbula chirriando contra los míos mientras nuestras mejillas se apretaban la una contra la otra.

Me reí entre dientes.

—Prometo decirle al próximo sol por el que pase que se guarde para sí sus llamaradas. Tengo cosas mejores que hacer que estrellarme en un planeta tan lejos de casa.

Soltándome, Marek me dio un puñetazo en el hombro y me azotó el muslo con la cola, provocándome un agradable escozor.

—Si han terminado de abusar de mí, me gustaría presentarles a todos a mi compañera —dije volviendo hacia mi hembra, que parecía conmovida e intimidada a la vez—. Madre, Padre, *khers*, ésta es mi *Hondassa*, Brianna. Brianna, ésta es mi familia.

Cada uno de ellos se presentó por turnos y la abrazó. Aunque un poco abrumada, el alivio y la alegría de Brianna por ser acogida tan abiertamente brillaban en su rostro. Desde la muerte de su madre, había anhelado volver a pertenecer a una familia. Ésta no era más que una de las muchas cosas que pretendía darle.

—Me has traído otra hija —me dijo Madre mientras ahuecaba el rostro de Brianna entre sus manos—. Bien, ya es hora de que empecemos a igualar los números.

—Claro, hasta que decidas echarla de la cornisa —se rio Sheira.

Los ojos de Brianna se abrieron de par en par.

—Tu madre no haría eso. ¿Verdad? —preguntó, volviéndose hacia mi madre.

Le dirigió a mi compañera aquella desdichada sonrisa enigmática que tantas veces me había traumatizado a lo largo de los años, pero que me divertía cuando iba dirigida a mis *khers*.

—¿Quién puede adivinar el futuro? —dijo Madre misteriosamente, con un brillo diabólico en los ojos—. Pasa, pues. La comida no se comerá sola. Bienvenidos a casa, mi hijo y mi hija.

FIN.

GLOSARIO

At-Ukris: animal aéreo de Duras. Parece un cruce entre un águila y un pulpo del tamaño aproximado de una ballena

Bansial: palabra Durasiana que significa pegajoso

Canikin: palabra Durasiana para designar las partes femeninas

Dam: madre

Dassa: fluido de apareamiento

Duramna: forma de piedra

Duras: planeta natal de los Khargals

Durasiano: la lengua de los Khargal

Terrícola: como llaman los Khargals a los humanos

Fa: la palabra Durasiana para señora

Grack: improperio Durasiano para follar

Guurlk Licor Khargal

Hondassa: Compañera

Kher Término Khargal para referirse a los hermanos

Khargal Cómo se llaman a sí mismas las gárgolas

Lar: la palabra Durasiana para dios

Macero: improperio Durasiano para referirse al infierno

Maztek: animal Durasiano parecido a una ballena terrestre

Sindicato de la Rosa: Organización clandestina que persigue a las gárgolas y su tecnología

Sartek: animal depredador aleatorio de Duras

Sigil: dispositivo utilizado para contactar con la baliza de rescate y teletransportarse a la nave de salvamento

Sire: padre

Tanem: palabra Durasiana para designar a la compañera temporal que se toma antes de la verdadera pareja

OTRAS OBRAS DE REGINE ABEL

AGENCIA PRIMARIA

Casada Con Un Hombre Lagarto

Casada Con Un Naga

Casada Con Un Hombre Pájaro

Casada Con Un Minotauro

Casada Con Wonjin

Casada Con Un Tritón

Casada Con Un Dragón

Casada Con Una Bestia

Casada Con Un Dríade

Casada Con Un Íncubo

Casada Con Krogal

Casada Con Una Polilla

Casada Con Un Hombre Gato

Casada Con Amreth

LOS GUERREROS XIAN

Doom

Legion

Raven

Bane

Chaos

Varnog

Reaper

Wrath

Xenon

Nevrik

Rogue

CRÓNICAS VEREDIANAS

Escapando Del Destino

Destino Ciego

Criando A Amalia

Giro Del Destino

Manos Del Destino

Desafiando Al Destino

Destino Imperial

BRAXIANOS

Anton's Grace

Ravik's Mercy

Krygor's Hope

Keran's Dawn

LOS REINOS DE LAS SOMBRAS

Destinata Al Espectro

Destinata A La Parca

LA NIEBLA

El Mistwalker

La Pesadilla

DONCELLAS DE SANGRE DE KARTHIA

Seduciendo A Thalia

VALOS DE SONHADRA

La Ciudad de Hielo

La Prisión de Hielo

CUENTOS OSCUROS

La Maldición de Barba Azul

El Jorobado

OTROS

Un Alien Para Navidad

Despertar Alienígena

El Hombre de Acero

Corazón de Piedra

ACERCA DE REGINE

La autora de best-sellers de acuerdo a USA Today, Regine Abel, es una adicta a la fantasía, lo paranormal y la ciencia ficción. Todo lo que tenga un poco de magia, un toque inusual y mucho romance la hará saltar de alegría. Le encanta crear guerreros alienígenas y heroínas sin pelos en la lengua que se desenvuelven en nuevos mundos fantásticos mientras se embarcan en aventuras llenas de acción, misterio y giros inesperados.

Pero antes de dedicarse a la escritura a tiempo completo, Regine se había entregado a sus otras pasiones: ¡la música y los videojuegos! Tras una década trabajando como ingeniera de sonido en el doblaje de películas y en conciertos en directo, Regine se convirtió en diseñadora profesional de juegos y directora creativa, una carrera que la ha llevado desde su casa en Canadá hasta los Estados Unidos y varios países de Europa y Asia.

Facebook
https://www.facebook.com/regine.abel.author/

Sitio Web

https://regineabel.com

Gruppe de lectores Regine's Rebels
https://www.facebook.com/groups/ReginesRebels/

Boletín informativo
http://smarturl.it/RA_Newsletter

Goodreads
http://smarturl.it/RA_Goodreads

BookBub
https://www.bookbub.com/profile/regine-abel

Amazon
http://smarturl.it/AuthorAMS